川 端 康 成

作品精选

魏大海 主编

女 人 的 梦

お ん な の ゆ め

[日] 川端康成 著

魏大海 等 译

青岛出版集团 | 青岛出版社

图书在版编目（CIP）数据

女人的梦 /（日）川端康成著；魏大海等译. — 青岛：青岛出版社，2023.1
（川端康成作品精选 / 魏大海主编）
ISBN 978-7-5736-0500-9

Ⅰ.①女… Ⅱ.①川…②魏… Ⅲ.①短篇小说—小说集—日本—现代
Ⅳ.①I313.45

中国版本图书馆CIP数据核字（2022）第186215号

丛 书 名	川端康成作品精选
丛书主编	魏大海
本册书名	NÜREN DE MENG 女人的梦
著 者	[日]川端康成
译 者	魏大海 等
出版发行	青岛出版社
社 址	青岛市崂山区海尔路182号（266061）
本社网址	http://www.qdpub.com
邮购电话	0532-68068091
策 划	杨成舜 王 伟
责任编辑	霍芳芳
装帧设计	今亮后声·核漫
封面插画	尔凡文化·秦国栋
照 排	青岛新华出版照排有限公司
印 刷	青岛国彩印刷股份有限公司
出版日期	2023年1月第1版 2023年1月第1次印刷
开 本	32开（889 mm×1194 mm）
印 张	8.75
字 数	170千
印 数	1—6000
书 号	ISBN 978-7-5736-0500-9
定 价	45.00元

编校印装质量、盗版监督服务电话 4006532017 0532-68068050
上架建议：日本文学·小说·畅销

译序

1968年12月10日，瑞典学院常务理事安德斯·奥斯特林发表诺贝尔文学奖颁奖词：

——本年度诺贝尔文学奖的获奖者是日本的川端康成先生。

——川端康成先生的叙事笔调中，有一种纤巧细腻的诗意。溯其渊源，出自11世纪日本的紫式部所描绘的包罗万象的生活场景和风俗画面。

——川端康成先生以擅长观察女性心理而备受赞赏。……我们可以发现其辉煌而卓越的才能、细腻而敏锐的观察力、巧妙而神奇的编织故事的能力，描写技巧在某些方面胜出了欧洲文坛。

——川端先生的获奖有两点重要意义：其一，川端以卓越的艺术手法，表达了具有道德伦理价值的文化思想；其二，川端先生在架设东方与西方之间的精神桥梁上做出了贡献。

——这份奖状旨在表彰其以敏锐的感受性和高超的叙事技巧表现了日本人的心灵精髓。

目前，国内文坛掀起了新一轮"川端康成热"。译序开篇，先介绍日本著名作家和文学理论家对川端的评价。

评论家伊藤整认为，将丑转化为美乃是川端作品的一大特性。"残忍的直视看穿了丑的本质，最后必然抓住一片澄澈的美，必须向着丑恶复仇，"这是川端的"力量所在"。川端康成的两种特质有时会"在一种表现中重叠"，有时会获得更大的成功。伊藤整说："在批评家眼中，二者的对立无法调和，却可通过奇妙的融合使二者有机地结为一体。……唯有川端拥有那种无与伦比的能力，抵达真与美的交错点。"伊藤整又说"由此可见这位最爱东方经典的作家的心路历程"。川端康成在文学史上的意义在于，一方面他是"在马克思主义与现代主义对立、交流中"获得成功的批评家，另一方面"他又脱离了当时的政治文学和娱乐文学两方面，继承并拯救了大正文坛创发的体现人性的文学"。

三岛由纪夫则将川端称作"温情义侠"，说他从不强买强卖推销善意，对他人不提任何忠告，只是让人感受"达人"般"孤独"的"自由自在的生活方式"。同时，川端的人生全部是在"旅行"，他也被称作"永远的旅人"。川端的文学也反映出川端的人生态度。三岛由纪夫对川端的高度评价是，近代作家中唯川端康成一人"可体味中世文学隐藏的韵味，即一种绝望、终结、神秘以及淡淡的情色，他完全将之融入了自己的血液"。三岛说"温情义侠"川端与伪善无缘。普通人很难达到此般"达人"的境界。川端重视人与人之间的和谐，与世无争且善于社交，所以他还被称作"文坛的总理大臣"。

著名文学史评论家中村光夫则说，横光利一体现的是"阳"，属于"男性文学"，其文学的内在戏剧性在《机械》中明显表征为"男性同志的决斗"；而川端康成体现的则是"阴"，属于"女性文学"。在某种意义上，横光具有积极的"进取性"，终生在不毛之地进行着艰苦的努力，"有人说他迷失在了自己的文学里"；相比之下，川端学习了"软体动物的生存智慧"，看似随波逐流，却成功地把"流动力"降到最低限度。中村光夫认为，川端康成作为批评家亦属一流，因此总能看透文坛动向的实质，继而在面对时代潮流时显现为一种逃避的态度，实际上却尤为切实地耕耘着自己脚下的土地。

如上十分精辟的评价，为我们描摹了一幅顶级作家的画像。下面我简单梳理一下川端康成的创作经历。1932年，川端以自己过往痛苦的失恋经历为题材，在《中央公论》上发表了《抒情歌》。1933年2月，《伊豆舞女》初次被拍成了电影（五所平之助导演）。同年9月10日，川端的画家好友古贺春江过世。同年10月，与小林秀雄、武田麟太郎、深田久弥、宇野浩二、广津和郎等一起成为《文学界》在文化公论社的创刊同人，旨在推动文艺复兴。后来《文学界》同人中又增加了横光利一、里见弴等。在暗郁的时代风潮和大众文学的泛滥中，他要维护纯文学的自由与权威并推动其发展。同年12月，川端在《文艺》杂志上发表了他的随笔《临终之眼》。这个时期川端作品的主题跟芥川龙之介的认知相关。芥川在其遗书中写道："'临终之眼'亦即死的念头始终萦绕于心。"川端康成在《临终之眼》中写道："我要把人妖魔化，却并未玩弄'奇术'。我描绘的是心中的叹息和战斗的现场。人们将之称作什么，我无从得知。"

1934年6月初，川端访新潟县南鱼沼郡的汤泽町，之后再访高半旅馆幽会十九岁的艺伎松荣，并以此为契机执笔连载小说《雪国》。1935年1月开始在几个杂志上连载《雪国》。同月芥川奖和直木奖创设，川端康成和横光利一同担任"芥川奖"评委。1936年1月至5月五次到越后汤泽，继续《雪国》的创作。1947年10月在《小说新潮》上发表《续雪国》，历时十三年终于完成了《雪国》的创作。

1948年5月，开始刊行《川端康成全集》（全十六卷），在各卷的"后记"中川端开始回顾自己五十年的人生（1970年将这些"后记"结集为《独影自命》刊行）。也是5月，他以中学时代的日记为素材，连载回顾过去的小说《少年》。同年6月，川端继志贺直哉之后就任日本笔会第四任会长。11月旁听了东京审判的判决。1949年5月，开始断续发表其战后代表作之一的《千鹤》；同年9月开始陆续发表《山音》各章。后者描写战后的一家人，留有色彩浓重的战争伤痕。有观点称，《山音》是日本战后文学的巅峰之作。从这一时期开始，川端的创作活动十分充实，这是他进入作家生涯的第二个多产期。同月，在意大利威尼斯国际笔会第二十一届大会上，川端作为日本笔会会长致辞——《和平没有国境线》。

1954年3月就任新设立的新潮社文学奖评委；4月在筑摩书房出版了单行本《山音》，之后据此获得了第七届野间文艺奖。从《山音》发行的同年1月开始，川端在《新潮》杂志上连载了长篇小说《湖》。这部作品备受瞩目，理由是采用了新颖的超现实手法进行心理描写，展示了"魔界"意象，有观点称这部实验性作品衔接之前创作的《水晶幻想》和之后的《睡美人》。从同年5月开始，《中部日本新闻》等开始连载《东京人》。这是川端唯一的超长篇小说，上下两卷约八十万字。从1956年1月起，《川端康成选集》（全十卷）由新潮社发行。

川端康成也是日本"新感觉派"文学的代表作家，20世纪初与横光利一联袂创刊《文艺时代》杂志，借鉴西方的先锋派文学，创立了日本的"新感觉派"文学。在欧洲达达主义的影响下，在以"艺术革命"为指向的前卫运动的触发下，《文艺时代》成为昭和文学的两大潮流之一（另一潮流是同年6月由无产阶级文学同人创刊的《文艺战线》）。但在日本文坛，"新感觉派"文学只是一个短暂的文学现象。后期川端作品更多体现的是日本式的唯美主义特征，小说富于诗性、抒情性，也有庶民性色彩浓重的作品，且川端有"魔术师"之谓，即衍化、发展了少女小说等样式。后期川端的许多作品追求死与流转中的"日本美"，有些将传统的连歌融合前卫性，逐渐确立起融合传统美、魔界、幽玄和妖美的艺术观和世界观。他默然凝视，对人间的丑恶、无情、孤独与绝望有透彻的认识，在此基础上不懈探究美与爱的转换，将诸多名作留在了文学史上。当然，川端康成后期的创作与"新感觉派"式的创作方法和文学理念并非全无瓜葛。

1930年，川端康成加入由中村武罗夫等人组成的"十三人俱乐部"，俱乐部成员自称"艺术派十字军"。同年11月，他在《文学时代》上发表《针与玻璃与雾》，受乔伊斯影响，采用了新心理主义的"意识流"手法。1931年1月，他在《改造》杂志上发表采用相同手法的《水晶幻想》，灵活运用了时间、空间无限定的多元化表现，体现了实验性作品应有的高度。

以上川端的经历并非依照正常的时序，而是想到了便信手拈来。1914年5月25日凌晨2时，与川端康成相依为命的祖父逝世。高慧勤主编的"十卷本"序中，对此有过精到的解读。祖父有志于中国的风水学和中药研究，却未能实现在世间推广的志向。祖父的喜好与过世，对川端的性格形成乃至文学特征都有影响。《十六岁的日记》写于祖父患病卧床期间，其定定看人（默然凝视）的习惯，据说亦与常年伴随因白内障失明的祖父生活相关。

下面该说说本"精选集"中选录的重要作品。

川端康成最重要的作品自然是《雪国》，它也被称作昭和时期日本文学代表性的长篇小说之一。作品主人公是名叫岛村的中年男子，他离开妻子所在的东京，去长长隧道的另一侧的雪国温泉村，并遇见了艺伎驹子。故事情节的展开，历来被认为是一种所谓"异界"（如"桃源乡""幽界""日本的故乡"等）探访的故事。但雪国温泉村并非是与东京隔离的异乡，而是同样具有近代侧面的去处，驹子毕竟是现实中的女性。不如说川端康成是以"非现实"的唯美手法把握了雪国温泉村、驹子和叶子等。《雪国》的重要特征在于叙事与表现的特殊关系。故事序章中川端以"电影重叠"的手法展现了火车玻璃窗上的叶子映象，结尾则描述了"电影胶卷"引发的雪中火灾。总之，与电影的密切关联，据说在"日本的""传统的"印象中凸显了现代主义的侧面。

精选集中另一部名作《睡美人》，被三岛由纪夫称作"颓废文学的逸品"。这部川端文学后期代表性的中篇小说关注的是老年人的生理与心理状态，绝非海淫海盗之作。

日本学者原田桂关于《湖》的解读具有启示性。她说，值得一提的是，现行版通过截断、删除末尾到开头的圆环，使主人公面对的问题无法通过闭环时间轴得到解决，而刻意通过作者之手形成未完的状态，使读者一同置身于永无终止的深渊。这种深渊正是解读"孤儿根性""万物一如"的川端文学的主题——魔界——的一个路径。

短篇名作《伊豆舞女》最初发表在《文艺时代》1926年1月、2月号上。当初并未引起巨大反响，后来却六次被拍成电影，作者也说是自己"特别喜爱的作品"。该作的情节、手法相对简单，被称作"20世纪日本代表性的青春爱情小说"。

前面提到，《山音》是川端康成非常特异的作品。评论家山本健吉称该作是"战后文学最高杰作之一、川端文学的最高峰"。正如一些研究者反复强调的那样，《山音》也是一部平静的"再生"物语。毫无疑问，与《睡美人》一样，《山音》着意表现的也是特殊背景下老年男性面对衰颓和死亡的心理以及情感状态。

纳入本精选集中的《千鹤》和《舞姬》，亦为战后的长篇小说，分别以茶道和芭蕾舞这种对照性的技艺为主题，描写了战争和战败带来的父权及家庭的瓦解，或者说是战前即已显露端倪的瓦解状态的表面化。与《雪国》的文体有所差异的是，《千鹤》充满了对四季风景和人物举止的详尽描写，对人物的心理、行为的洞察亦细腻超凡。茶具、痣子、雪子包袱皮上的千鹤图案等，各种元素都具象征性。有人说可以感知到古典名著《源氏物语》的影响及"二人合一"的"二重体女像"设置。另外《千鹤》还有名为《碧波千鸟》的续篇，该作品从1953年4月到12月连载于《小说新潮》上。怎样把握《千鹤》与《碧波千鸟》的关系，一直有很大的争议。

据川端称，《舞姬》也是未完之作。文体上与《千鹤》不同的是,《舞姬》深入到了复数人物的精神世界。三岛由纪夫曾指出,关注川端的人们需反复阅读的作品应该包括《抒情歌》(《中央公论》1932年2月)。这部小说具有神秘性,作品中人物向着已为故人的"你"诉说。川端认为佛经之类也是可贵的抒情诗。而作为诺贝尔文学奖参评作品之一的《古都》,则是川端最后的报载小说。《古都》写了一对孪生姊妹的命运及悲欢离合。小说开篇写到寄生于老枫树上的两株紫花地丁。两株花分别长在老树两个相隔不远的树洞中,象征了双胞胎姐妹的命运:一个是苗子,留在山中含辛茹苦;另一个是千重子,是养父母的掌上明珠。两人都是善良、优美、纯洁的少女。《古都》的情节相对简单。战后的《彩虹几度》,也是将京都作为故事的主要舞台。

另一部特异的作品《名人》(《后记·吴清源棋谈·名人》,1954年)经十六年加工修改完成,跨越战时和战后岁月,也是堪与《雪国》相提并论的代表作。1938年,本因坊秀哉"名人"与木谷实"七段"(作品中为大竹"七段")对弈,后川端以《本因坊名人引退围棋观战记》为题,连载作品于《东京日日新闻》和《大阪每日新闻》(1938年7月23日到12月28日)。其后,川端康成强烈"希望有机会将之改写为小说"(《独影自命》),后经中断、分期连载、加工和修改,完成了现在的《名人》。这部作品有四十一章和四十七章两个版本。本精选集采用的是四十七章的版本。最后,在此次面世的《川端康成作品精选》中,第九卷是短篇小说集,收录的重要作品有《少年》《十六岁的日记》《招魂祭一景》《女人的梦》等，第十卷为评论随笔集，收录《文学自传》《秋山居》《日本的美与我》《新感觉派》《新进作家的新倾向解说》等重要文章。

1968年10月17日，川端康成获诺贝尔文学奖。许多读者关心，应当如何看待他与日本第二位诺贝尔文学奖获得者大江健三郎的差异。两者的差异在于，川端康成的文学感受性是出类拔萃的。

1968年12月10日，川端康成身着和服正装，佩戴文化勋章，出席了在斯德哥尔摩音乐厅举行的诺贝尔奖颁奖仪式。第三天即12日下午两点10分，在瑞典学院，川端身着西装用日文作了获奖纪念演说《日本的美与我》。演说中，川端引用了道元、明惠、西行、良宽、一休的和歌诗句，配英语同声传译。川端康成的人生轨迹跨越二战前后，反映了那个时代。那些独白式的和歌作品，本身并未被时代的思想和世态左右，展现了作家自身的艺术观和澄澈的诗性。

关于川端康成的自杀，有如下几种说法。

1.殉身于日本行将破灭的"物哀"美学的世界。

战败后，川端决意"回到日本古来的悲哀之中"。在其诺贝尔文学奖获奖致辞《日本的美与我》中，他讲述了自己传承的古代日本人的心性，体现了日本人心性的"物哀"的世界，倘在历史的必然中行将为近代世界所取代，自己便唯有殉身于那个行将灭亡的世界。在自杀当年发表的随笔《犹若梦幻》中也有诗曰："朋友的生命皆已消亡，苟且偷生的我是火中莲花。"

2. 好友三岛由纪夫的剖腹自杀（三岛事件）使之受到巨大冲击。

川端说："三岛君的死令我怀念横光君。两位天才作家的悲剧和思想并不相似。横光君是我同年的不二师友，三岛君是我年少的不二师友，我还会有活着的不二师友吗?"三岛的死给川端带来强烈的心灵冲击。两人关系密切，正是川端发掘了三岛的才能并给予高度的评价。二者的连接点还在于"宏观上否定战后的根本性精神构造"，且二者皆为"夭折的美学"所吸引。所以，川端没选择谷崎润一郎和志贺直哉那种"享受作家退休金"的寿终正寝的结局。

3. 对老丑的恐惧。卧床不起、生活无法自理的祖父三八郎临终前的状况留给川端的深刻记忆，便是十分具体的老丑恐惧。他护理祖父的经历写在短篇《十六岁的日记》中。

4. 另有一个推测性假说，与川端喜欢的一个女性助手（鹿泽缝子）相关。臼井吉见在其小说《事故的始末》（筑摩书房，1977年）中提出了相关见解。据小谷野敦说，川端希望将之收为养女。另外，据2012年尝试接触鹿泽缝子本人的森本获所言，缝子拒绝面谈，但通过丈夫表达了如下意见：那部小说中的女性与她无关，唯一可以说的是，她不知道川端先生是否钟情于她。但缝子在川端死后又曾对养父坦白："我想先生自杀的原因在我。"森本获通过综合性考证，认为这个假说是事实。

5.获得诺贝尔文学奖后，小说创作停滞，创造力枯竭。获奖带来的是忙碌和负担。川端在获奖后曾说："获奖非常光荣，但对于作家，名誉反而成为重负抑或妨碍，甚至令其萎缩。"

6.身体状况不好，加之立野信之、志贺直哉、亲密的表哥秋冈义爱的死，令其意志消沉，一时间着魔犯错。

7.事故说。川端比之前更加依赖于安眠药，死亡时有安眠药（海米那）中毒的症状。川端任日本笔会会长时信赖的副会长芹泽光治良在追悼记《川端康成之死》中否认他是自杀。

编选《川端康成作品精选》时，我重读了高慧勤先生早年的《川端康成十卷集》译序。洋洋洒洒两万余字的鉴赏文，深入、细腻，充满感性体悟和理性剖析，绝非四平八稳的"川端康成论"可比拟，同时萃聚了充溢的知识性和灵动的文艺性，纯然是一篇文字优美、分析到位、感情充盈的散文名作。这里作为结语引用一段，以飨读者。

　　川端康成是一位难以把握的作家。他创造的艺术世界，意蕴朦胧，情境飘忽，令人颇有些费解。倘说他是美的追求者，作品却时时表现美的毁灭，美与死亡常常结下不解之缘；倘说他是女性的膜拜者，有时又不那么热切，甚至还投去冷漠的一瞥；倘说他是官能的崇尚者，却只是发乎情而止乎憧憬，还以遐想的成分居多。在纷繁的人世，他是孤独的、悲哀的。在他构筑的艺术殿堂里，你看到的是一幅幅忧伤的浮世绘。浮世绘是江户时代（1603—1867）的市民艺术。"浮世"二字原初写作"忧世"，意谓"世道多忧"，系佛家用语。后来才转指无常、虚幻而短暂的现世。所以浮世绘表现的，大多为市民阶层的世态风俗和现世欢情。画师们以新鲜的感觉，观照自然人生，率真地表现主观意象。那春愁撩乱的痴男怨女，那揽镜自怜的青楼艺妓；雨夜里啼月的杜鹃，暮色中积雪的山径；春日的飞花，秋天的落叶……构成一片清幽淡雅的世界；那色彩，绚丽中带些枯涩，明艳中流露出哀伤，点染出一派十足的日本风情。

在这套精美的《川端康成作品精选》面世之际，谨对恩师高慧勤先生表达敬意和缅怀。高慧勤先生2000年主编、翻译的《川端康成十卷集》（河北教育出版社）是国内迄今为止不可多得的一套川端康成精选集。"十卷集"的译者除了高慧勤先生本人，还有当时中国日本文学研究界的前辈李芒先生、刘振瀛先生、李德纯先生、文洁若先生、金中先生和赵德远先生等，谨向各位前辈表示敬意。当然也有一些同辈中的佼佼者，如谭晶华先生和林少华先生等。我和奕为先生当时承担了"十卷集"中的第十卷（川端康成的评论和随笔）的翻译。此次，青岛出版社的《川端康成作品精选》也参照了高慧勤主编的《川端康成十卷集》，沿用部分译作。

魏大海
2022年10月9日于燕郊

目录

少　年

一

　　我今年五十岁，决定出版作品全集也是想留个纪念。像四十岁、五十岁这样以十年为界限的人生分段，既是一种权宜之策，也会让人产生感伤之情，这可能多半源自人的迟怠癖性，因而我不愿视其为精神的真实。但是，倘若未曾濡染这种传习潮波，我估计很难下决心在生前出版自己的作品全集。

　　五十岁这个年龄的实质和实感会是怎样的呢？恐怕任何人都无法准确地把握吧。但是这种实质和实感无疑存在，而且五十岁的人无疑全都具有这种实质和实感。虽然因人而异，但若从时代潮流来看，亦可认为五十岁的人应该全都相同。

　　认为应该全都相同的看法，本身似乎就是一种救赎。

无论怎样讲，我对自己的年龄未曾做过认真的深刻思考。这是由于未能从自身找出思考的必然性吗？还是因为自己尚未产生思考的动机？抑或是因为自己缺乏思考的智力？

在我的少年悲哀中，有对早逝的畏怯。父母的早逝一直影响着少年时代的我。现年五十岁的我已比早逝的父母多活了大约十年，虽然我已然记不清父母去世时究竟是多大年纪……

我居然能活到五十岁。我在娘胎里七个月就因早产出生了，爷爷和奶奶用丝绵包着我，把我喂养大。我这个异常的体弱儿能活五十年，仅此亦须看作无妄之福吧。

年届五十的我深刻地感受到，自己的周围已死尸累累。文学方面的知己已陆续逝去，他们生前都比我筋强骨健。面对太多的死亡，也使我增强了此生有命即见蓬莱的意念。相遇不易，永别难免，但命长犹可邂逅生者。

另外，从我二十三岁初发作品至今，已经历二十五年以上的作家生涯。在有为转变激烈无常的现代，年届五十出版全集，不能不说是一种幸运。

我还记得，上小学时祖父讲过狩野元信的故事，还说我可以当个画家。我也有过那样的打算，但在初中二、三年级时，我主动对祖父说想当小说家。祖父允许，说那也行。因此，仅从贯彻初衷、未生二念这一点也可以说，我无论自己还是人生皆不曾被贻误。虽然我心中存疑——不知自己是否生于最能发挥个人天赋的得天独厚的时代……

这也是因为年龄的缘故吗？也许是因为经历了那样的战

争，最近我养成了根据其一生的经历来衡量人的习惯。为了衡量现今，我往往拿出包含过去和未来漫长时光的标尺。

我说，反正发生在人身上的事没什么大不了的。有年轻女子对此感到惊讶，我也对其表示惊讶。我以稍稍长远的眼光审视人生、看待历史，更何况经历了那样的战争，对于人类的不幸和悲惨命运的思考也必然改变。我由衷地感到，生逢何种时代也是命运的一大部分。

我作为小说家安身立命。论及小说，可由《源氏物语》跳到井原西鹤的小说。生于镰仓时代和室町时代虽无可奈何，但镰仓和室町时代的人未必在人格和天分上不及紫式部和井原西鹤，而与紫式部同时代在宫廷里撰写汉文的男官在见识才能上也未必逊于紫式部，更不可轻率地断定与井原西鹤相近时代的作家们缺乏西鹤那样的文学才华。

战争中，在空袭越来越猛烈的时候，在灯火管制的暗夜中，在横须贺线的列车上，我在姿容惨不忍睹的乘客中阅读《源氏物语湖月抄》。这是因为和纸木版印刷的大号柔润假名字体特别适合那时的灯光和心境。我常常一边阅读一边遐想，当年流落在外乡的吉野朝贤士和室町战乱中的人们曾研读《源氏物语》。夜里，我听到警报外出巡视，只见秋冬的月光冷冽地洒满不漏半点灯光的小山谷。刚刚看过的《源氏物语》浮现于心，我再次被身处惨境却依然捧读《源氏物语》的古人深深打动，领悟到必须与流注于自身的传统共续生命。

"承久之乱"中的顺德天皇甚至赞叹《源氏物语》"不可说未曾有""诸艺诸道皆凝缩于此一篇"。"河内本（版）"中的源光行在"承久之乱"时，作为朝臣的他险些被问死罪。比源光行大一岁、"青表纸本（版）"中的藤原定家想必也受到了此次战乱的波及。

吉野朝的后醍醐天皇、后村上天皇、新待贤门院等对《源氏物语》的研究，以及长庆天皇的《仙源抄》、败逃流离的南朝①品读《源氏物语》的吉野一带山川，在我眼里竟如明月一般绚丽。

"应仁之乱"中的饭尾宗祇和该宗派的连歌师旅行时，也把《源氏物语》带在身旁。在我的头脑中，还描绘出三条西实隆誊抄的《源氏物语》远下东海道和山阳道的情景。我本想将三条西实隆所抄《源氏物语》的旅行写成小说，却未能实现。或许也是在战败期间，我对象征东山时代美少年的足利义尚将军产生了特别的爱怜之情，所以，曾沉迷于介绍室町后半期被悲惨命运捉弄的将军们的纪实文学。

我生于明治②三十二年，昭和③二十三年五十岁。我先从《源氏物语》跳转到井原西鹤，再从井原西鹤跳转到何人呢？那个人与我生活在同样的时代吗？我尚不知晓。

---

① 南朝：南朝就是日本的南北朝时代大觉寺统的吉野朝廷。
② 明治：日本年号。明治三十二年为1899年。
③ 昭和：日本年号。昭和二十三年为1948年。

二

这是我在世时出版的作品全集，所以由作者自己编辑。我将这大约二十五年间的旧稿全部看了一遍。以前，我从无机会浏览自己的全部作品。除非迫不得已，我根本不会重读自己的作品。我不会在自己的作品变成刊物上的文字时即时阅读，必须经过半年到一年时间的弱化或朦胧化，否则在阅读的过程中就会重新体会写作过程中的痛苦滋味。

但以漫长的时间标尺重读旧稿的现在，仍会涌出意料之外的感怀。我记性不好，缺乏追忆力，但不时会有记忆的复苏或追忆的延展。这是十分稀少的经验。

除成为作家之后的作品，我还重新梳理了之前的习作。主要是初中时代的日记，中学时代的小说多为仿作。最早的习作是大正①二年和大正三年——十五岁到十六岁——春天在中学二年级作文本上抄录的两篇明治四十五年十四岁时小学六年级的文章。

在《箕面山》和《秋虫》的标题上方有"获甲上"的字样。这是四十年前乡下小学的作文，平庸、稚拙的文言体当然毫无可取之处。虽说如此，但能保存到现在连我自己都深感意外。

我还发现了为盲人祖父和文盲老保姆代写的书信底稿。

---

① 大正：日本年号。大正二年为1913年。

祖父在贺年卡上说:"老拙即将七十五岁,勉强维持生命。"

由此可见,这是我十六岁时的信件。那年的一月八日,还有如下寄给姨父的书信。

记

秋冈义一:

　　一笔四十六日元,一月二月部分。

　　另一笔一百三十日元,然此为八月结账前未付金额。

　　以上确已收到。

　　　　　　　　　　　　　　　　三八郎

秋冈义一及经理①:

　　敬启。

　　日前即已致信,望将未支款项交付。生活拮据,度日艰难。因所收金额明显减少,故失去生活依托。八月结账后仍每月生活窘迫,购物时不得不赊账。此类缺额连续增加。目前每月生活费为二十三日元,买米需十日元,仍有薪炭及其他杂项费用若干,保姆费为三日元,将此类佣金等扣除后缺额

①经理:日本指具有代业主主持营业所一切交易及诉讼之权力,并得到法律认定的雇员。

7

愈大。万望悯恤并施与救济。老拙从未摆脱这一困苦现状。老拙俭省度日自不必说，每日仅靠清汤下饭。此外再无可食之物。康成亦每日只能以腌梅就饭，如此恐难保全身体，故只在晚饭进食菜类。让您见笑。书不尽言。

三八郎

一月八日

又及。老拙今日前往拜见，承蒙多方亲切商谈，以后自可安心踏实度日。老拙在此恳请今后仍多关照。

亡母的钱款交存于舅父、姨父二人保管，其后我与祖父依靠每月寄来的生活费度日。由此信可知，大正三年的月额为二十三日元。祖父说"仅靠清汤下饭"和我"只能以腌梅就饭"，多少含有为多要生活费而夸张的意味。祖父和我商量好，故意在信中写了类似乞怜的话语。不过，这并非编造毫无事实依据的假话。

祖父在寄出这封信那年的五月二十五日凌晨去世。

《十六岁的日记》描述祖父临终前的日子，是我出版全集时的日记选粹。关于《十六岁的日记》的由来，我曾这样描述：

这段日子我都活在舅父仓房角落的皮包里，这使我的记忆得以复苏。这个皮包是当医生的父亲出诊时携带的物品。舅父近来因投资失败破产，连房产也赔了进去。在仓房转让之前，我去寻找有没有自己的物品，于是发现了这个上了锁的皮包。我用旁边的一把旧刀割破了皮包，只见里面装满了我少年时代的日记，也混杂着前述十六岁的日记。

　　卖掉房产的不是舅父，而是表兄。可能因为是小说就写成舅父了吧。所谓"里面装满了我少年时代的日记"也有些许夸张吧，我想并没有那么多。所谓"也混杂着……"，好像是因为稿纸上有"十六岁的日记"这一字样，与其他日记本不同。

　　《十六岁的日记》的原文在誊抄后作为作品发表时，已经被烧毁丢弃了。此次找出的废纸般的日记，我以前从未重读过，也没查找过。我想或许还有机会再读，因而多少有些不舍，便将那些废纸保存了三十多年。全集的出版既带来烧毁它们的机会，也成了再度浏览它们的机会。

　　例如，这次找到了《十六岁的日记》的第二十二页和第二十三页，作为纪念抄录于全集的"后记"中，原文就被撕碎扔掉了，而当时作为作品写作《十六岁的日记》却是无可忽视的内容。

　　虽说是第二十二页和第二十三页，其实并非在稿纸格子里逐字书写，而是随手走笔挥就，因而不可计算页数，但总归是写在稿纸上的。

写在稿纸上的除了《十六岁的日记》还有四五种。《第一谷堂集》是大正二年和大正三年，即十五岁和十六岁时写的新体诗；《第二谷堂集》是与此相同两年的作文集；接下来则有大正五年九月十七日至大正六年一月二十一日的日记。我十九岁，即大正六年初中毕业。此后有一篇作品题为《汤岛的回忆》，写于二十四岁那年夏天，二十八岁时将前半部分改写，完成了小说《伊豆舞女》。后半部分描述了对初中宿舍同寝室少年清野的回忆。

我由此得到机会将此类废纸全部焚毁。

三

我的父亲模仿浪华的儒家易堂给自己取名为"谷堂"，我的《谷堂集》即来源于此。这是少年的感伤。父亲留下很多"谷堂"印章，我的《谷堂集》封面和封底还盖着别样印章。

《第一谷堂集》是六十页成册，其中有三十二篇新体诗。

以"读书"为题的"七五调"六行诗最早，是明治四十五年一月的作品。别人认为我大量买书是乱花钱，而我像孩子般发出强烈的抗议。这是因为我心中满怀希望和悲愁。当时的我十四岁。

最后有《吊唁诗》和《迎白骨》。《吊唁诗》为二十节的长诗。淀川北的那位表姐嫁给了久留米师团的骑兵中尉，她的丈夫后在战争中阵亡。这是一首吊唁他的诗，作于大正三年九月二十六日。从诗中看到，表姐已怀上第二个孩子，已二十三岁了。《迎白骨》是迎接在九州火葬的表姐的骨灰回娘家的诗，作于九月三十日。在我十六岁那年的五月，祖父因《十六岁的日记》中所述疾病亡故。由于我还是初中生，无法独自在一座宅院里生活，暑假时我就被收养在舅父家，后来从表姐骨灰回归的家中乘火车上学。

记得曾仰望这位表姐的下巴，白皙丰满而圆润，我觉得她很美丽。如今想来，这位表姐的兄弟都是下颌骨较宽，或许死去的表姐也是这样，但我感觉那柔白的下巴仿佛娇艳地浮在空中，宛若古代天女像般丰腴，好像还有一道圈纹。我几乎从未见过这位表姐，所以只留下了这点记忆。

但我的《吊唁诗》并未述咏这些下巴，只是罗列概念性的感伤语句。在此抄录一两首《第一谷堂集》中的诗。我为什么会保存这种废纸长达三十五年呢？或许还有很多这样漫不经心无谓保存的毫无意义的过去……

《谷堂集》中的诗大都是"藤村调"（岛崎藤村），说到可取之处也只是模仿得多少像那么回事。而"晚翠调"（土井晚翠）则很少，而且比"藤村调"逊色许多。

题为《藤村诗集》的作品，篇幅是四页稿纸。祖父去世的凌晨，我在他的枕边读了《藤村诗集》，在守灵夜也读了《藤村诗集》。因此可以说，《藤村诗集》已然铭刻于我的生命之中。我寄食于亲属之身，朝夕捧读《藤村诗集》，创作稚拙的诗歌。我感谢《藤村诗集》，憧憬岛崎藤村的青春。

例如，《当诗人》一诗作于大正三年九月十四日书法课，《藤村诗集》一诗作于九月十七日国语课，《迎白骨》一诗则作于九月三十日几何课。日期旁附加科目名称，乃这部《谷堂集》最使我常忆常新之处。这些诗大部分作于上课时间。虽然还有图画课、英语作文课时的作品，但似乎还是国语课时的作品居多。

身为初中生的我，多数上课时间都会躲着老师的目光阅读文学书籍，也会创作那般新体诗。但它们毫无诗歌价值，无一句看得出我自身的诗魂。

四

《第二谷堂集》总共三十六页稿纸，将我的作文汇集成册。这是初中二年级时所写，好像都是提交给学校的作文草稿，所以更没意思。最先是暑假作业，题为《劝友人登山》的书信作文。最后是《桃山御陵参拜记》，其间夹着两页小学六年级作文的誊抄稿。

其中一篇题为《箕面山》。

箕面山在丰能郡箕面村，自往昔即为赏枫胜地，且以瀑布著称。近年可乘大阪电铁前往，亦建有动物园，其名气日渐高涨。

自其面车站登高片刻可见一条溪流，沿此前行百余米可至瀑前。直下十数丈之绝壁如悬水晶帘，其壮观虽笔纸难以尽述。此处盛夏仍肌生凉意。山中多枫树，深秋时山谷红遍重锦叠绣。溪谷左右峻峰峭壁古树繁茂，仰望压顶般危岩天成奇观。溪流中亦多巨石，击碎清流玉珠飞溅，又跌深潭。动物园内有数百种珍奇动物，以及多座演艺场，令人游兴倍增。攀至山顶俯瞰，远方山野村镇皆如自家庭院，宏阔之气自生。

因而四季游客络绎不绝，暑期及红叶期尤似人山人海。

就是这样的文章。明治四十五年，偏僻乡村的小学生写出这种作文，上初中后也没什么变化。在题为《大正二年和三年》的寒假作业作文中，关于自己的事情和自己的话语，我连一句也没写。

在《谷堂集》作文中，难得有一篇《春夜访友》成为回忆昔日自己的线索。

"连日来忙于考试，其间未能访友，今宵定要尽情畅谈。出院门前往，整个天空被鱼鳞般的细碎白云遮罩，半月高悬。"文中又写到自家的白梅暗香四溢。走在村道上，只见"神社前的杉树耸立于夜空，犹如天神空降之栈桥"。朋友的家就在神社近旁，屋中的灯火令人眷恋。"兄弟二人都在屋里，哥哥面朝书桌，参照两三篇范文苦心推敲《都鄙学生优劣论》。我于其旁翻阅《青芦集》一小时有余，他亦写成作文，遂照例同其父母五人坐拥火盆聚晤。各种话题频频转换犹如走马灯，这家人从无改变的温情令我深感欣慰。我既无父母，亦无兄弟，相比万人之爱，祖父温厚的爱和这家人的爱时刻与我相伴。谈笑风生数小时后吾即告辞。月已朦胧。"邻村灯火点点，莹润于千里山麓野间。"捶打稻秸之声忽远忽近、忽高忽低，似欲讲述黑暗万象之某事却沉默不语。"

标注的日期为大正三年三月三日。

果真听到四方传来捶打稻秸的响声了吗？或只不过是平庸的文饰而已呢？如今我已想不起来。文中写有"出院门"，但其实我家并无院门，只是围了一圈橡树枝篱笆。而朋友家既无排场的院门，亦无院墙。

在《故园》那篇作品中，也描述了夜晚去这位朋友家玩耍的情景。我已脱离了祖孙二人的苦寂，却煎熬于每夜渴望而不得相见的诱惑。高我一两个年级的兄长和低我一个年级的弟弟都与我关系亲密，但其中的感觉却似异性思慕。对兄弟俩的父母也是一样，我渴望与其相见，若不见面就会心神不定。

五

在大正五年九月十七日到大正六年的一月二十二日的日记中，有篇关于初中生活的记述。

大正五年十二月十四日　星期四　阴转雨

在起床铃响之前，我去厕所小解。我冷得发抖，进了被窝就拿开清野温暖的手臂，然后抱住他的胸膛，搂住他的脖子。清野也半梦半醒地使劲搂住我的脖子，然后往自己脸上凑。我的脸颊重压在他的脸颊上，我干渴的嘴唇贴在他的额头和眼皮上。他好像对我冷透的身体于心不忍，不时地睁开天真的眼睛搂住我的头。我端详他闭上的眼皮，觉得他并不像有什么想法，就这样持续了半个小时。我只是到此为止，而清野也不像是有什么要求。

起床后，我不知为何感到晃眼。

我昨晚已用功预习过英语课，今早再度进行过确认。因此，我还满怀自信地辅导了平田君。

我认真地听讲。

英语语法课上，老师说作文已经批改好，可以去取。而且，这个年级因为写得特别多，所以他说，好像关口和细川的英文最好。可不管他提什么问题我都不举手，只是连续不断地写下去，一边冷笑一边听，并觉得自己非常卑劣。

午后，不仅下起湿漉漉的雨，还偏偏降了温。

我给京都的铃村先生寄去《新潮》增刊《文坛新机运号》，向百濑租书部返还《今户情死》和《俳谐师》。为此我还付钱买了一张邮票，因而变得身无分文。

那两本返还的小说主要是在课间休息十分钟时阅读的。

夜里雨停。阴天。

大正六年一月二十二日　星期天　阴　武术大会

在写日记方面，我也难以摆脱易生厌腻的癖性。去年秋末，我从《受难者》上获得的感悟成为直接契机，虽然仍很贫穷，但还是想忠实地描述少年时代的轨迹，在认真下定决心后就开始写日记。可最近的懈怠是出于什么原因呢？从元旦到元月七日的记事都还没写，从七日至今也只能说就像被强制般极不情愿。其间我并无特别想写的事情，为备考高中没有空闲——这些辩解在我心中受到责备。我重振精神继续写作。

今天举行了武术大会。

我的室友小泉和杉山获胜。

宿舍食堂养的猪被宰杀。大会结束，我去食堂后边的仓房看到被剥离肉体的丑陋毛皮摊在土地上。猪血兑水装满大木桶，颜色令人作呕并泛着磷光，还有内脏，猪腿下垂。勤杂工忙着分割，准备卖给学校的教师们。即使这种死猪，我也不愿粗略草率地看待。真的什么都不懂。什么都不懂。要回归谦和的心态！要平心静气地追求！

小泉因头疼而"在褥"（进被窝）沉沉入睡，杉山也不在寝室。这时，清野就向我倾诉关于大口的事情。我尽量心平气和地进行各种询问，得知大口向清野提出大胆的要求，或者说想要提出要求。

在大口与室友吃过"间食"①的夜晚，我的室友都在事务室和阅览室学习到熄灯。我跟大口也说了那件事情。过了一阵，清野独自先回来钻进被窝。大口问"宫本吗？"并进了寝室。尽管他知道那不是我而是二年级的清野，但仍钻进清野旁边的我的被窝与他搭话。我为了摆弄清野的手臂，总是把被褥铺在紧挨他的位置。其后我也并不想问，但根据清野的只言片语也能做出无限的想象。最终清野并不搭理他，大口只能悻悻而去。

清野非常委屈地跟我讲述，还唾骂大口不是人。可见大口觊觎清野的被窝，欲行卑鄙之事——请给予我这样描述的权利。欲行卑鄙之事，这是确切无疑的事情。我听到清野的讲述，无法抑制内心的激动。而且，我忍不住想抱住他，感谢他在讲述中对我自然流露的信赖和爱慕。

我练习打坐时继续浮想联翩、思绪万千。最先想到的是对大口的憎恨和对清野的爱慕，并连续不断地向两个极端背道而驰。对于大口的憎恨，使我越来越想与他断交。然而，我果真有憎恨大口的纯洁之心吗？如果自

①间食：三餐之间的零食。

己的妄念一个个变为某种形态出现，我究竟能保持脸不变色多长时间呢？自己在凝视美少年、美少女时，哪次未曾有过对其肉体的妄念呢？甚至有时看到高木、富永、西川时，我通过眼睛向心中传达了些什么呢？不过，这些反省对缓解我的愤怒毫无作用。

那么，当意识到小泉独自在寝室里睡觉，大口也同样在邻屋进了被窝时，我突然变得心神不宁，无法保持静坐。于是，刚打坐完我就跑回宿舍，打开电灯窥探小泉的睡脸。

为了与清野执手相握，我今晚提早熄灯并立刻就寝。

对于大口，我感到自己的优胜者地位，紧紧抱着清野的臂膀入眠。

这段日记就到一月二十二日为止，并在我决意"重振精神继续写作"这一天中断。

大正六年，我十九岁，初中五年级。

此前一年，十八岁的中条百合子的处女作《贫穷的人们》由坪内逍遥推荐发表在《中央公论》上。当年十九岁的岛田清次郎的长篇小说《地上》在生田长江的推荐下由新潮社出版。同年这两人的出现，令乡下初中生的我有些惊讶。可是读过自己十八九岁的日记中那露骨的描述后，在三十多年后的五十岁之际，那露骨的描述仍令我略感惊讶。

而且，我与那位清野少年的交往，在《汤岛的回忆》中也写了长长的六七十页稿纸。

写作《汤岛的回忆》时的我已是二十四岁的大学生。另外，我还曾将高中时期写给清野少年的书信充当作文提交。我记得，在经过老师评分之后，我将此作为正式的书信寄给了清野，但是连他都不想让看的部分，我就留在手边了。这些都保存至今，从二十页到二十六页。像是一封三十页上下的长信，也是依托书信文体的回忆记述。

如此看来，我是在此事发生的初中时代、高中时代和大学时代记录了与清野少年之间的爱。

然后，在今年五十岁出版作品全集时重读这三段时期的日记，自己确实感慨颇深。尽管这些都是片段，且不够成熟，但白白烧掉似乎太可惜了。

六

我想，充当作文提交的书信应该写于高中一年级——我十九岁那年九月到二十岁那年七月之间。当时的高中还是九月入学。

书信文的第二十页只有下半张，上半张被剪掉了。上半页寄给清野了吧？

我将保存的六页半内容誊抄于此。

新学年的春季刚开始时，寝室成员的垣内和杉山就回避与我相邻就寝。我立刻就知道，杉山的理由是他有病，而垣内的理由现在我都不清楚。或许因为他早熟老成，非常了解高年级学生和低年级学生之间的内情。另外，垣内与你同为二年级（留级一年）学生，或亦因此对你有所求。当然垣内也无法忍受杉山的病体，所以想与你交换就寝位置。

你总是温顺地在我身旁就寝。

垣内退了学，小泉代替他成为我的室友。小泉和杉山一躺下就入梦，把亲密交谈的我俩撇在一边。特别是善于察言观色的杉山，为了熄灯后继续用功，常常很晚才回寝室。

我把你拥在怀中。默然相许的你是那么纯真，一定把我当成了你的父母。或许你早已将此事完全忘记，但作为接受者的我难有你那般纯真的心灵。

（如果我仍与你在一起，这些话并非含有暗示。但是，据说在我离开之后，北见被指定为室长，你和菊川、浅田在同一间寝室。在我还没离开时，菊川和浅田就作为全宿舍的美少年已受到高年级学生的关注。而且，北见并非坚实可靠的五年级学生，而是弱不禁风的四年级学生。他有保护室友的能力吗？我十分担心。而且，你也遭遇过高年级学生的——虽然我没勇气写"丑恶"——丑恶要求吗？或是我看到菊川和浅田遭遇过就这样写。岛村在给我的信中说到新生中也有美少年，看样子相当乱呀！我觉得，在你的信中也有那种流露。）

　　但我不想进入猎取低年级学生的高年级圈子底层，或可说没能进入。我觉得你就是拯救我的神。啊，你是那般爱慕我，即使我要求进一步加深关系，想必你也会完全相信我。你是我人生当中新的惊喜。

　　或因家中毫无女人气，我在性方面有些病态，从小就沉迷于淫乱的妄想。也许从美少年身上也能产生超乎常人的奇怪欲望。在备考期间，我有时曾感到少年比少女更具诱惑力，如今仍会考虑在作品中反映那种情欲。我曾多次苦恼地想，如果你是少女该有多好啊！

　　虽然如此记述令我痛苦难耐，但尚未满足的失落感会不会强烈地持续呢？

　　在与垣内分别时，我不是早早就产生了露骨的不满足感吗？

　　新学年确定室友时，我就觉得你十分可爱。你有着女性般的妖艳，令我常常在浴场里向往。当我在自己的寝室迎来了垣内时，那种欣喜淡然而清晰。

　　垣内与你不同，对高年级学生非常了解。他对我也做出随时接纳的样子来进行挑逗，我反倒感到惊慌失措了。

　　你还记得七月那晚的垣内吗？他遭到四、五年级学生的群殴，铁拳制裁，他像死了一般倒在地上。我抱起他大汗淋漓的瘫软的身体，背着他去凉水浴场。浇凉水时，他仍瘫软地靠在我膝头。他浑身是汗，无法穿睡衣，赤身裸体地让我背着。他死死纠缠着我，也不知是筋疲力尽还是蓄意挑逗。我对他束手无策，原因只能是自己的怯懦性格。或许垣内也在暗自嘲笑我的怯懦。

暑假前，曾经遭到那般惨痛打击的垣内因放假而与我分别，我的同情心和对官能的留恋更加强烈了，于是我写了好几封长信。我告诉他，希望九月份再作为我的室友回来，可垣内从那以后就休学了。我又给他写了信。我被校长叫去，他认为无论从家庭情况来说还是从本人的性格来看，垣内此时都以退学为宜，让我别再用热情的书信搞得垣内踌躇不决。我羞愧难当，浑身直冒冷汗。我力荐他复学只是出于自己感伤式的热情吗？

我觉得，与对垣内的感情相比，我对你的感情要纯洁得多。你哪怕拂除诸多痛苦也会顺从我的索求吧。虽然我说了这么多，但只要我现在提出任何愿望，你都会满足我吧。事到如今，我也许说长道短地惹你不快了。但我想，那正是我超越了怯懦的爱——连我自己也会醒悟的时候必定到来。

虽然对高年级学生的要求并无了解，但在我即将回乡探亲的前夕，你哭诉邻室的大口闯进来好可怕，并阻止我回乡探亲。到了二月，我准备入学考试，常在图书室学习到深夜。有一天晚上，我突然回到寝室，这使你很慌乱，来寝室玩的上岛正要钻进你的被窝藏身——当然他未必是为更深的目的而来——我对上岛愤怒得浑身颤抖，叫你说明那个高年级学生有什么企图。你虽单纯地表示惊愕，却像只有我完全例外似的依然爽朗率真地拥抱着我。你那纯真的感情将我以泪澄洗。

若说我怯懦倒也无话可讲，但这也可看作是我奇迹般地、毫无压抑和忍耐地保持了你的纯洁。对你那婴儿般的心魂，我和你自己无论付出多少都显得微不足道吧。

这第五章写得相当杂乱无章、心虚胆怯。那是自我辩护，但我也确曾考虑避免刺激你的神经。

至此第二十六页结束。

这篇书信文也使五十岁的我略感惊讶。

如果第五章"心虚胆怯"或是"考虑避免刺激你的神经"，那么第四章以前写的是什么？怎样写的呢？

看样子这六页半的内容终究未能寄给收信人清野。

再说了，将此作为学校布置的作文提交，我自己也不由得大吃一惊。教师给了多少分我已忘记，但我记得并未受到针对内容的警告。我想这可能也让教师苦笑不已。无论"一高"①多么倡导自由，那篇作文也太超越常识了。

———————————

①一高：旧制第一高等学校，现东京大学教养学部及千叶大学医学院和药学院前身。

七

《汤岛的回忆》用四百字稿纸写了一百零七页。未完待续。

从第六页到第四十三页是关于主人公与巡演艺人翻越天城山去下田的回忆。后来，这个部分改写为小说《伊豆舞女》了。我与舞女结伴同行是在大正七年我二十岁的时候。写作《汤岛的回忆》时我二十四岁，即大正十一年。《伊豆舞女》是我二十八岁时的作品。

《汤岛的回忆》中除了描写舞女的部分，大都是关于清野少年的忆述。虽然不像《伊豆舞女》那样规整，但这部作品的页数更多，而且饱含深情。比起旅途伴行的感伤，朝夕相处共度一年时光的爱恋深铭于心。

《汤岛的回忆》第一页下半张因破损而无法认读，从上半张大概能推测到开头是这样写的。

       我经历过汤岛的春季，也经历过秋冬，只是未曾经历过夏季。而今年我要在汤岛度过盛夏。

       七月的最后一天……

我在三岛车站换乘前往大仁时，在骏豆线的售票处遇见一位相当清纯可人的姑娘。于是，我神清气爽地嘟囔道：

这注定是一次美好的旅行。

从这段开头可见,《汤岛的回忆》是在七月末或八月初所写。另外可知,来到汤岛的我满怀新鲜的喜悦。

在昭和二年、我二十九岁时,也曾做过如下描述。

当我看到完成后的书,感到有吉田君参与果然大有益处。"伊豆舞女"身穿汤岛温泉的和服。这个是那个、那个是这个——我们吵吵嚷嚷地把装帧画与各种实物逐一对应。作为我在汤本馆生活的纪念品,难道还有比这更好的吗?

我在汤本馆生活的时间较长。小说《伊豆舞女》中的我是二十岁的"一高"学生,时间就在九年前。例如《伊豆舞女》中的箱子右方画着镍制牙膏筒,据说是旅馆里名叫登志的女孩的物品。如今她已是寻常小学四年级的学生。我初次来此时她才两三岁,还记得她摇摇晃晃地爬楼梯,好一阵子都爬不上去。

十年左右之间,我没有一年不来汤岛。尤其是这两三年,可以说我就是伊豆的人了。从前年的初夏到去年的四月,我一直逗留于此。现在春天又回来了,而我从去年秋天依旧住在汤本馆。在《伊豆舞女》的出版报告书上,著作者地址写的也是"静冈县田方郡上狩野村字汤岛"。即使说到我的第一、第二作品集，"掌小说"（超短篇小说）《感情装饰》中的三十篇、《伊豆舞女》中的四篇也是在汤本馆所写。我在下坡去修善寺车站时，就会见到熟悉的面孔。我在汤岛和吉奈的熟人多得数不清。去年春天，当我返回东京时，旅馆的阿婆流着眼泪说这就像送独生儿子去远行。不过，到秋天我又回来了。而且，我在这家旅馆里和多少人诚心亲密地接触过啊……

我曾十数次或数十次来到天城山麓，总是多少怀有生活的痛楚。

在我五十岁的今天，写作时像这样能感受到爱和喜悦的土地已不再有。在这样的新土地上，我今后还能继续走下去吗？

我在《汤岛的回忆》的第二页到第三页中也曾写过。

我对伊豆也满怀回忆。只要是回忆，感伤也好。我觉得汤岛已是我的第二故乡，并常常从东京跑到这座天城山的北麓。某个秋天，我患了有致残之虞的脚病。某个冬天，我遭遇了令人费解的背叛，好不容易支撑住即将崩溃的心。让我流连的是无尽的乡愁。

此后就是对汤岛的赞美——"我虽尚不知伊豆半岛西海岸的伊东、土肥等温泉，但在沿热海线、骏豆线及下田街道的多数温泉中"，我最喜欢汤岛。第五页至此结束，之后从第六页的第一行开始。

　　从这座温泉场走到那座温泉场的巡演艺人似乎与年俱减。我的汤岛回忆就从这些巡演艺人开始。在最初的伊豆之旅中，美丽的舞女宛如彗星，而从修善寺到下田的风物仿佛彗尾，在我的记忆中流光溢彩地划过。我在刚进'一高'二年级的仲秋，才有了进京后初次像样的旅行。我在修善寺住宿一晚，在沿下田街道步行前往汤岛的途中，过了汤川桥就遇到了三位姑娘的巡演艺人团。她们要去修善寺。那位提着太鼓的舞女在很远处就引人注目，我频频回头张望，感到心中留下了旅愁。

《伊豆舞女》中就是这样写的。
"某个秋天……脚病"是"一高"三年级那年的秋天。在《汤岛的回忆》中对当时的情景有如下描述。

　　从初中宿舍寄来了原室友清野的书信——当听到长廊那端传来麻底拖鞋的响声时，我总会想到莫非是你，但立刻明白并非如此，因为你的左脚和右脚响声不同。而且，我常常模仿你一步两级下楼梯的习惯。
　　自己不曾知道两脚的足音还会不同，也看不出跛脚。但是，病因似乎即在于此，我的右脚开始疼。在与舞女同行后的第二年秋末，我来到了汤岛。

折磨了我四五天的发热集中至腰部，并向下转至右脚。即使到了能站立的程度，哪怕较短的路，可比起正常行走也还是一瘸一拐的。伤脚更轻松一些。右脚的拖鞋常常忽地飞出，令我十分难堪。医生也建议我去温泉治疗。

大仁车站下来，还要走十六公里，我就坐上了马车。在去往吉奈温泉的岔路口，我被车夫叫下了马车，说不能继续往前走了，因为晚秋天黑得早。乘客只有我一个人。

我困窘得要哭，却不得不拖着伤脚走四公里路。我差点儿放弃，却做不到。右脚疼痛不听使唤，拖鞋不时地脱落。

嵯峨泽桥上只有油漆和撞击岩石的水花泛出白色，周围的山峦已在暮色中变得黝黯。我想赶路，腿脚却跟不上。

我想起与街道分开有一条沿狩野川河岸的近路，过桥后找到那条路即可。我没过桥就沿河岸前行，却在山腰处迷了路。我虽然沿着山麓走，却看不到过河去旅馆的桥。最后，我不得不提着拖鞋蹚过溪流。

溪水清澈见底，我错判了深度，溪流没过膝部打湿了腰间。此时已到穿棉衣的季节，冰凉的溪水刺痛神经，冲刷着冻得发僵的双腿，几乎把我冲倒。

我穿着裙裤的下半身已经湿透，站在灯光微弱、森寒幽寂的旅馆门口，我不禁苦笑。去年秋天，舞女就在这里跳过舞。

我扔下湿透的衣服，将身体浸入温泉水中，终于恢复感觉的右脚忽然舒爽地疼了起来。

差点儿放弃，但我还是沿着无路的山坡行走并蹚水过河，看来那神经疼倒也并不严重。过了一个星期，我就能往返比吉奈更远、约有八公里路的船原温泉了。

船原的旅馆浴场大、庭院宽广，客房竟有好几间。但温泉水质微黄浑浊，还漂着不少水垢，有全身皮肤病的男子泡在里面。我回到客房，只见隔着走廊的房间里，有个女子披散着长发，头顶剃出一片圆形，上面盖着湿毛巾，瞪着可怕的双眼。这只能将她看作狂人、歇斯底里病患者。站在走廊里交谈的男子据说是我"一高"老师之兄，在中国东北得肺病后回到本土疗养。我吃过午饭，早早地逃了回来。汤岛几乎没有游客，温泉和山川都澄净亮丽。我很高兴能走十六公里路。

我逗留十天后曾一度返回东京，又去了一趟汤河原。这倒也并非因为康复了，只是因为没有足够的资金进行长期疗养。

平时看我走路可能注意不到单脚有病吧。但据说这种病很难根治。在气候好的季节和天气好时都感觉不到，但是极寒极暑，尤其是我的身体难以承受的极寒天气，过后仍会稍感疼痛。在气温急剧升降之前、进入梅雨和连绵秋雨之前，我都会通过脚部有所预感。

不仅是汤岛，不管在哪里，我将双脚泡进温泉时左右脚的感觉都不一样。而在东京的共同澡堂就感觉不到，我想，这只能是温泉的作用。

虽然最近已有所缓解，但在发病后的一两年中，双脚的温度常常不同，右脚偏凉。如今冬季，我躺在冰凉的被窝里，即使左脚已暖过来，右脚也不行。当我意识到这种差异后，就自然地在大脑中进行了区别对待。

另外，每当我遭受了精神的打击，在精神疲愈到来之前总会感到身体衰弱，其预兆就是脚开始疼。

由于这种精神崩溃、身体衰弱再加上因寒冷而引起的脚痛，我去年年末也曾逃来汤岛，为的是小姑娘四绿丙午。

我还记得，那位四绿丙午在我初次因脚病来汤岛返京的冬天，十四岁的她曾对我说："您的脚已经好了吗?"

这年夏天，我感到浸在温泉水里的左右脚感觉几乎相同。我想，脚病也已痊愈了吧。

"某个冬天，我遭遇了令人费解的背叛……"这是指四绿丙午姑娘。在写作《汤岛的回忆》的前一年，我二十三岁。我与十五岁的姑娘订了婚约。如果不毁约，二十三岁的我和十五岁的她应该是少见的早婚。

或是神经痛，又或是风湿病，我去了汤岛和汤河原。后来才知道，汤岛和汤河原作为冷泉治疗都是相反的。不过，疗效毕竟还不错。

无法根治。在我写作这篇《少年》的今夜，盛夏的雨中，我的右脚感觉有点儿异样。右半身的感觉总不太好，头和脸的右半部不时麻痹，右手也会发麻。右眼看物模糊，好像一直是靠左眼生活。这是幼时的眼结核病引起的。医生明确告知我有眼结核病，是在我四十岁的时候。

八

当我写到此处，女侍拿着新洗晒好的浴衣进屋。我身上这件已经穿了五天。

在《汤岛的回忆》第四十三页、《伊豆舞女》的最后我这样写道。看样子我用三天或四天写了这四十三页。

其后是描写汤岛的景色，接下去是去京都探访清野少年的记述。

写到此处，女侍拿着新洗晒好的浴衣进屋。我身上这件已经穿了五天。她拿起我脱下的浴衣问道："'蛙'字是虫字旁加什么来着？"我想象不出"蛙"字对这位女侍意味着什么。汤岛的农田与河川像是很少有蛙。我在商科大学的学生条例中得知蛙的数量少。

在汤岛看不到巨大的月轮，看不到像样的朝阳和夕阳。如果天晴就去街道上仰望富士山好了，正对着北方。清晨的色彩和黄昏的色彩都会映在富士山上。

这里的早晨先是西方的山峦戴上阳光的亮色头巾，那头巾的边缘滑过群山扩展，朝阳高高升起。黄昏时东方的山峦戴上头巾，在汤岛的山峰摘下头巾，天城的山峰却仍未摘下。每当向南仰望唯一留着黄色日光的天城山，我必定想起那个舞女。这个夏天，天城山也持续晴好。而我在秋天和冬天多次来时，即使汤岛不下雨，天城山也常常被雨雾染成白色。（我在写了这篇文章之后，才知道"天城私雨"这个说法。）

我和商科大学生在山溪小岛的亭子里乘凉，学生仰望天空说，果然因山谷看不到宽阔的星空。

"月亮也会动呢。"

近旁有来自东京的孩子们在转线香烟花，比赛谁转的火圈大。

"肯定会动，虽然说会动有些怪……"

学生为了解释词语的意义，抬起手来指着月亮。学生说的是月亮经过的轨迹在三四天内也会有相当的偏移。每晚坐在同一位置，观察月亮经过的树梢和落山的位置就能发现。

然后，商科大学生又说没有蛇、蛙和蜥蜴，这是由于厌恶才注意到的。

另外，在我到达的那天夜晚，当我从走廊向下看时，不是那个问"蛙"字的另一位女侍问道："宫本先生，那儿不是有萤火虫吗？上次说汤岛没有萤火虫的不是宫本先生吗？"

我抬头一看，只见窗前伸满枝叶的大树上有只萤火虫在闪光。蚊子几乎没出现。可能是水清的缘故吧。

女侍指着树上的萤火虫，而我却视线朝下，因为当时我正兴趣盎然地观望大本教第二代教主和她的女儿从温泉里出浴。

我去京都走访清野时，这位少年正在大本教的修行所。所以，我在汤岛看到大本教教主时就想起了清野，并继续写了下去。

《汤岛的回忆》中从第四十七页到第七十九页是对清野少年的访问记。接下去写的是因脚病来到汤岛："从初中宿舍寄来了原室友清野的书信——当听到长廊那端传来麻底拖鞋的响声时，我总会想到莫非是你……"此后又返回看到教主入浴的记述。

我从去年十二月后再没来过。时隔七个月又浸身在这温泉中，感觉洗清了在东京多日的困顿感。当我耳闻溪流潺潺写信时，突然从正门那边传来二三十人的三度击掌和快速念诵的声音。我以为是村互助会或什么组织在聚会，可我转到正门走廊观望了一下才知道，那是大本教信徒在集体做晚祷（我忘了大本教中的名称）。我以前曾在京都嵯峨深山的修行所（这也不是大本教的说法）投宿两晚，见过信徒们的生活状况。

看到我站在正门走廊里，女侍为我铺好了坐垫。两位房客和三四名女侍好像早已在此列阵观看。在旅馆正门对面，新建了三间铁皮顶平房。这里十二月时还是一片空地。两三年前有座老旧平房，会在游客超员时使用。

有人收买了那座老旧平房，将其移至旅馆附近作为居所。

新建平房乃是旅馆主人为大本教之神所建。女侍说，那座老旧平房只卖了几百日元，可建新房却花了几千日元。

坐在最前边的是第二代教主，旁边则是第三代教主。我继续询问，游客之一回答说："那是出口①的老婆，另一个是他的女儿。"我问是不是绫部市的那个，回答说可能。我惊叹了一声继续观望。

游客之一对我说："那句祷词来自《古事记》啊！"那句祷词我在嵯峨深山也曾读到过。

"那第三代教主的做法可不规矩呀！怎么老用汗巾擦汗呢？简直不像活神……"

房客又说道。走廊上的看客轻轻一笑。第三代教主是个二十岁上下的姑娘。

---

①出口：人名。

据说，得知教主要来，远近十里八村的二三十名信徒聚集至此。

我的头脑中还保留着嵯峨山中的修行所，保留着原室友清野那信仰深笃的身影。在绫部市受到警方搜查前后，有关大本教的报道突然在报纸上喧嚣一时。我关注并阅读这类报道也是因为清野。

由于这个，我想象到绫部市的总部及其中心人物都很了不得。可是在意想不到的地方，眼下看到的这个无异于乡下粗点心铺老板娘的女人竟然是大本教的第二代教主。而且，那个土里土气、傻里傻气、又矮又胖的村姑居然是第三代教主。这怎么可能？所以我刚才禁不住叮问，那真是教主吗？真是从绫部市来的吗？怎么会来这种地方？

第二代教主长着一脸横肉，在脑后粗略地扎了个发髻，酷似四十岁的山村胖妇。而第三代教主也是将邪性的头发像当地小学女生般胡乱束起，其眼神、其皮肤、其五官，没一处显示勃勃生机和年轻活力。大脸盘无精打采、惨云愁雾，身体只能用瘫软松垮来形容。一切都缺乏美感。

恐怕从鼻祖姥姥开始就是山姥形象吧。虽说是第二代、第三代，也只不过是鼻祖的女儿和女儿的女儿。这就是活神吗？不过是通过舞文弄墨和故弄玄虚吹捧的女人而已吧。

我从二楼走廊俯望，感觉那些人毫无斯文可言，仪表也缺乏精干利落。若真是作为信仰对象得到崇拜，或自己深深依存于信仰之中，那么体貌某处应能透出精神的辉烁、高尚、淳美、娴静、祥和及博爱。与其说我感到幻灭，不如说更怀疑那是否是真的教主。

　　说不定，像这种凡俗之妇充当教主，就具有了脱离传统神圣性和宗教性的新兴宗教的意味。或许正是假借匹妇之身，才会显现神灵的意志。虽如此，乍一看却毫无神灵附身的蛛丝马迹，甚至连修成一技的气质风采都不具备。

　　若是将此尊为教主，清野则实在可怜。如果这就是所谓活神，那他甚至可谓超越真神。我想给嵯峨深山写信，告诉他不如皈依我为好。

　　我回到房间接着刚才继续写信，正门外击掌声响起、祈祷声休止。第三代教主看上去缺乏规矩，因天气炎热，她不得不频频擦汗，所以做完祈祷必定入浴洗尘濯汗。我心怀恶作剧之念，手提汗巾笑着走出房间。

　　此时，我仍怀疑女侍称其为教主是判断有误。若真是教主，或可成为流传后世的话题。如若不是，与那胖妇同池共浴实在毫无价值可言。

　　旅馆的汤池有室内一处、室外一处、河滩一处。室内汤池用木板隔成三段，热水逐渐降温并溢出隔板向下段流动。从这里的更衣处来到后边，稍向左方是简易木板顶的浴池。这是室外汤池。另外，从室内汤池的更衣室出来，架着一条十多米长的栈桥，可过桥行至河中岛。这是在溪流中部形成的狭长小岛，树林中建有凉亭。夏季游客在此乘凉观溪，嬉水后在此休憩疲惫之身，烈日当空时在此稍事午睡，夜晚在此或娓娓长谈、或赏玩线香烟花、或摆弄小巧乐器。有八九位带着东京艺伎的游客叫人将酒肴送至凉亭，做出包租半日的样子随便躺卧，惹起其他游客的不满。从溪流的河中岛向河滩下行处有块三米宽、六米长的巨石，上面凿出一个汤池，从竹筒切口处向其中灌注温泉水。对岸的山脚似乎有温泉涌出，在溪流之上架两根竹筒，将温泉水引至旅馆。然后，再用第三根竹筒将部分引来的温泉水从河中岛送回溪流之上，从那里灌入石汤池。

旅馆的正南有个共用汤池。另外，从对岸岩石间涌出的多余的温泉水会落入溪流，自然积存在岩石之间。在旅馆的正北，还有别墅的汤池。

我走到室内汤池，只见里面有七八个男子和一个满脸皱纹的老太婆。闹嚷嚷的男子们无疑是信徒，可老太婆却不是教主。我想搞恶作剧的念头受挫，顿时兴致全无。我的恶作剧既不足称道，又是亵渎神灵的歪主意，但只是看到排坐在池沿上的男人们，我就没了下池洗浴的心思。

我朝后方望去，只见桥上和河中岛有灯笼和人影在匆匆忙忙穿梭。教主们好像就在那个石汤池里，像是正在乘凉。那我就去二楼远眺好了。我返回客房，坐在二楼走廊的椅子上，凭借星光和灯光寻找教主们的身影。

室外浴池的木板顶就在正下方，还能看到栈桥。透过林间可以看到凉亭，那里平时的夜晚也会亮灯。石汤池被河中岛遮挡所以看不见，只能看见石汤池上方的照明灯笼。在眼前下方的浴场入口和凉亭旁边都亮着灯笼。还有移动的灯笼在过桥。男男女女熙熙攘攘，从二楼俯视，因面孔发暗看不清楚。还有不少赤身裸体的人。

从木板顶下的汤池接连走出女人的裸体，她们就在我眼下方的微亮处舞动汗巾，将浴衣宽松裹身并不束带，轻提前襟朝桥那边走去。

肩膀、肚腩和腰间都明显肥胖的女子从汤池里出来，身穿罗衫的男人伸出灯笼，等候女人穿上浴衣，随即陪着向河中岛走去。

我问旁边一同观望的女侍："那个吗？是那个吗？"但分不清哪个是第二代教主。过了片刻，女侍急忙说道："三代，是第三代……"

我朝正下方望去，看到一个刚刚出浴、体态难看的白色身体，她将一只脚抬到旁边的石头上用汗巾擦拭。她披上浴衣后也是跟着灯笼走去。那个提灯笼的男人身上一丝不挂。

因为这里的高度相当于通常的三层楼，所以很难推测下方走在昏暗中的女人的年纪。我觉得女侍所说的第三代教主像是第二代教主，因为不仅发型近似于低等级的相扑力士，而且身材也很相近，根本不像年轻姑娘。女侍似乎十分确信，多次重复地说"三代，三代"。

我将追逐第三代教主的视线挪回原处，只见一个刚出浴的裸女由于没灯笼照亮正茫然不知所措。裹身的白布和浴衣散乱一地，也不知哪件是自己的，她已经找得不耐烦了。我忍俊不禁。

男人们都为拜活神而激动万分，拼命地为教主入浴和纳凉而百般伺候，居然还有赤身裸体者。若说奇怪也确实奇怪，但这倒也是富有牧歌式和原始性的光景。女人亦是如此。

过了不久，河中岛上的人影开始稀稀落落地过桥向旅馆走来。有些人还留在石汤池和凉亭里，有些人伫立于桥上，有些人已走进旅馆。

女侍对这些光景不像我这样兴趣浓厚，很快就消失不见了。我没有离开走廊。在人影大都回房之后，桥上和凉亭里的灯笼依然亮着。当晚，好像有十五名男女信徒住在旅馆里。

第二天清晨，我一改在东京的习惯，早早起床，六点多就去了浴场。信徒也陆续进来了。我没看到教主来，返回房间喝着晨浴后的茶汤。正门外的客房开始晨祷，我又去那条走廊上观望，只见昨天说祷词出自《古事记》

的房客正把小型柯达相机对着正门外的客房煞费苦心。晨祷结束后，信徒们返回旅馆。

在正门外，第二代教主来到边廊，伸展双腿坐下，露出胖妇所特有的小腿。她将烟丝填进小烟袋锅，在烟草盆上咚咚磕打，正与东京同来的信徒、召妓酒馆老板娘模样的人轻松地交谈，一副超越活神概念的姿态。

第三代教主正在屋里笨拙地整理行装，依然是慵倦乏力的样子。

那天早上，教主们和信徒们好像都已打道回府。

晚餐后，据称是新桥和服店主的儿子来我房间聊天。我外出散步到日暮，刚回到房间里读报。我的大学朋友首次在报纸上发表了文艺时评。和服店的少爷用发自唇内的嗓音说话，措辞极为恭敬、彬彬有礼。话语间无节制地掺杂着"像汝等无学之文盲"的过渡句。

听了这位少爷的讲述我才明白，怪不得教主们没去室内汤池入浴。这位少爷并不像我还有个当了信徒的清野少年，所以对大本教的同情心比我更淡漠。

村中的信徒们听说教主驾临此地泡温泉，赶在前一天即在天城街道至旅馆门前的三百多米的危险坡道处除草捡石修整，还把旅馆后边的栈桥清洗了一番。他们还清理了室外的汤池，入口处垂下门帘，贴上"禁止入浴"的字条。"禁止入浴"我倒也看见了，却没想到是为了教主，还以为汤池出了故障。迎接教主们的前夕，信徒们促膝相庆，为教主的驾临群情激动。和服店的少爷想凑个热闹，打着手电筒去看信徒们迎接教主。信徒们各自提着灯笼，簇拥着教主走下坡道。在教主出浴上桥乘凉时，信徒们就在其左右毕恭毕敬地团扇侍候。

少爷还说，像那样把腿脚伸在边廊上，用团扇"吧嗒吧嗒"地扇打，乃与活神的身份不符，虽说"像汝等无学之文盲"很难揣摩，但那乡下老太婆也太下品了。

确实如此。那些男人将此二女奉为教主顶礼膜拜，我看着与其说是滑稽的喜剧，倒不如说是令人略感心酸的悲剧。也许二女真的具备从外表难以窥见的神性神德，或者说大本教的真意也许反而就在容貌和精神的凡俗之中。不过，我也与和服店少爷一样对其感到幻灭。

但在信奉者的眼中却并非这种印象。在教主离开的那天，我吃过午饭一小时后，旅馆老板娘过来寒暄，我便恭恭敬敬地跟她确认。真令人难以置信。对方回答说毫无疑问，就是第二代教主和第三代教主。旅馆主人的信仰深笃还得到了绫部市总部的肯定，因此第二代教主的丈夫叫她在回东京时顺路来汤岛。

老板娘说，昨晚大家都听了第二代教主的精彩宣讲。我默默地望着老板娘，示意她讲讲内容是什么。老板娘说真是不可思议的宣讲。听过后，更是笃信不疑。老板娘说到这里，只是微笑却再不言语。我反问讲的是什么内容，老板娘只是回答说不信不行。我觉得可能是神灵的奇迹之类，就反复催促，老板娘终于说出是"神岛"的不可思议。

第二代教主的丈夫王仁三郎的半边脸颊肿了四十来天。老板娘说着用自己的右手捂着脸颊，那大概就是右半边吧。消肿之后，脸上长出疙瘩化了脓，那个疙瘩的位置渐渐转移。老板娘说着用右手慢慢向下抚摸脸颊，想必疙瘩的位置也与手的动作一样转移吧。终于牙龈也开始肿胀，肿胀处逐渐变硬后忽然脱落，竟变成了舍利子。

我觉得脸上疙瘩转移到牙龈，既而变硬成舍利子的过程难以理解，就在交谈间简短提问，却未得到满意的答复。

那当然不是牙齿脱落。那个舍利子的形状与"神岛"一模一样，似是仿造"神岛"的东西。我不明白"神岛"是什么，可不管我怎么问，老板娘只是说"神岛"就是神谕或神的启示，虽知其形却不知其所在，据说是大本教的灵地。王仁三郎望着"神岛"形状的舍利子，从中读到神灵的某种启示却不知位于何方。但是，某日王仁三郎忽然外出，也没告诉第二代教主去哪里和做什么。他回来就说找到了"神岛"，这才讲明舍利子的情况并将其供奉起来。

我想可能是受神灵托梦指引，就问如何得知去"神岛"的路。老板娘只回答那还是神灵的启示。"神岛"是海上小岛，就像称呼汤岛这样的名称嘛。它在哪里呢？

这对我来说简直是摸不着头脑。这也许就像那个清野所说有"土米"的灵地一样，也是神秘的所在。这个"神岛"也像那个"土米"一样，带有神话色彩。

据说，在警方介入绫部市的总部时，也曾出现过神灵对灾难的预告。当时嵯峨深山也曾遭到官府践踏。我读了关西的报纸非常担忧，清野的心理会不会因此受到伤害，变得压抑而扭曲？

老板娘讲完"神岛"的事情就离开了。我立刻外出散步，旅馆的老婆婆一边说外边太晒了，一边给我在门口摆好拖鞋。山野间明晃晃地反射着阳光。两三天后老婆婆又在门口说我好像越来越能走了。

"是啊！我向来不怕热，也不怕走路……"我笑着出了门。

我在东京时也是如此，若不走四五公里路，一整天都坐立不安。冬天畏寒的我却不惧炎热。当我看到午后炙烤街道的烈日，就会受到诱惑，想赶紧走到外边，让虚弱的肌肤接受灼热阳光的暴晒。暑假去大阪时，我几乎每天都在炎热的街道上行走。

冬天和夏天我在汤岛也总是外出散步，甚至让别人迷惑不解：为何要在无景可看的田间小道和山路上不停地走路？我早上从汤岛温泉出发，中午在汤野温泉休息，傍晚回到汤岛温泉，相当于上下往返天城四十公里的路程。

翻越天城山并于当日返回当然过于夸张，但是，我确实经常走路。我回想起了年轻时每天走路的自己。

如此说来，在这部《汤岛的回忆》中也能感受到我二十四岁的年轻气息。我如此描述大本教的教主入浴等情景，也是出于年轻的好奇心吧。而且还有来到汤岛后的年轻的喜悦之情。不过，也是由于清野少年加入了大本教的缘故。

为了清野，我对第二代教主和第三代教主心怀幻影，继而幻影又消失了。

九

我虽不是大本教信徒，但也不是完全无缘之人。清野的父亲也注重信徒之间的关系。我对嵯峨深山的修行所拥有回忆。这段回忆对我来说意味深长。

这段话在《汤岛的回忆》中也可读到，还能看到我在描述嵯峨深山的同时力图对大本教表示善意的部分。

我去嵯峨深山走访清野是在我写作《汤岛的回忆》的两年前，即我二十二岁那年的八月。

前年的八月，一个灼热的正午，我在岚山下了电车进入嵯峨山。我要去见的人在深山瀑布之处，是我初中五年级当室长时的室友。他在我们寝室时是二年级，前年夏季已初中毕业，之后就蛰居山中了。

在那前一年的夏天，我已走访过嵯峨山，但是，原室友去滨寺参加游泳比赛而不在。我在他家里午休后，等到太阳西斜，终于未能见面就离开了。所以，我见到原室友清野是在他四年级当室长的七月，即在他走访中学宿舍并在寝室过夜之后。

在前一年的夏天，他在嵯峨已有住所，还在山里的瀑布旁修行，但并非蛰居。而今年的住所就在瀑布旁，我就想那瀑布可能是在村落中。可是，在瀑布旁只有清野的住所、附设的修行者旅舍和大本教的神社，还远离村落。我惊讶不已，同时也感到不安。

从正门出来的原室友身穿藏青色裙裤、留着长发。这里的男人们全都把留长的头发扎在脑后、垂在背上。

清野分外欣喜地迎接我，似乎以为我当然会住一个星期或一个月，但是山气和凉风都象征着灵地的神圣氛围和修行者们的清严情致，似乎没有我舒展腿脚躺卧的空间。

近三十人的修行者大多是二十多岁的青年，他们虽然总是静默不语，可一旦开口便用庄重的话语讲述教义。他们始终神情忧郁地沉思、低着头行走。他们看上去就像肺病患者或脑病患者般脸色苍白，或许是因为那些我无法下咽的粗粮菜食导致了营养不良。他们清澄明亮的眼睛我也未能看见。这种承受瀑流冲击进行苦修的山中生活极不自然，我对教法产生了怀疑。

我就寝的被褥铺在清野居所的二楼，而用餐却在坡底修行者们的宿舍。近三十名青年列坐餐桌旁，庄重地击掌后闭眼抬手接筷。表情阴郁的青年郑重行礼并为我盛饭。

　　女信徒有四五名，其中还有年轻的女性。有位十七八岁的美丽女子，据称是大阪富豪的令媛，从洗衣、整理男子们的衣物到准备餐食，她顾不得打扮自己，只是勤快地劳作，握着几乎拿不动的大扫帚清扫院落。我从二楼观望，感到不可思议。女子们就在清野的居所里住宿。

　　男人和女人都在干活，唯独我在二楼心不在焉地翻阅大本教的书籍。早上我醒来时，他们已不留一人，都去山上神社拜殿做晨祷了，朗朗齐诵声传到我的枕边。

　　清野的姐姐和妹妹都已出嫁，当时有三人留在深山瀑布处。

　　清野有位中学的朋友，是个仅仅接受过镇魂的入门信徒，与我同时到此。这位男子指着清野家最小的十二三岁的孩子，问我是男孩还是女孩。我回答当然是女孩。本来他这样问我就无法理解。猜来猜去，结果他笑答是男孩。"对呀，谁都猜是女孩。那么……"他说着起身与那孩子做出相扑的架势，突然将那孩子赤裸裸的证据暴露出来。我顿时大吃一惊，同时对那男子气愤不已。

　　那个将衣服前襟合起、愤怒地扑向男子的孩子，无论从哪里看都是个争强好胜的疯丫头。他虽并非刻意装出女孩的样子，但在忘我兴奋时却越发像个女孩。外形、穿着、举止、嗓音、言谈都像女孩，哪里是个男孩？那孩子和东京十二三岁的女孩一样，将头发剪至齐肩。那是少女特有的光润秀发。另外，他的关西方言不像东京方言那样句尾有男女之别。那就更加无从断定是男孩了。

我受到了刺激。我从室友的弟弟身上看到了他幼时的模样。

十

如果说清野是女子性情，多少会有辱对方且脱离真实，但原室友以那般温柔的女子……

我继续写道。我因来汤岛的激动和逃离东京的激动而情思奔涌，这篇《汤岛的回忆》就是触景生情、有感而发。

我对清野少年的情思比《伊豆舞女》更加强烈，有许多随心所欲的解释。但是，尽管现在五十岁的我认为是随心所欲的解释，但对于当时二十四岁的我不能说是随心所欲的解释吧。假设人生有五十年，那么《汤岛的回忆》刚好是在人生过半的前一年的记述。

我所写的"逃离东京的激动"也并非只是文字游戏。我在出版全集时还重读了二十三四岁时的日记，对那时的艰辛生活深感惊讶，甚至不能相信那些日记和这篇《汤岛的回忆》

是同年所写。

　　如果说清野是女子性情，多少会有辱对方且脱离真实，但原室友以那般温柔的女子模样幽居在祥和的家庭，只是以忽地长到十七岁的性情出现在初中五年级的我面前，令我惶恐困惑不已。

　　不仅是性情，就连言谈举止都很女人气。我脱下乱扔的衣服，不知何时已被他整整齐齐地叠好并收在行李箱中。看到我衣服上有磨损或刮破的地方，他立刻像女人般端坐，用灵巧的双手飞针走线。

　　我想到这些就觉得，他那位住在嵯峨深山的弟弟也在上初中，虽然把脑袋剃得光溜溜的，但也并非没有女人气。我一眼便已看出，他们的父亲已确立了不可动摇的信念。这是一位正气凛然的男子，而且是威严得难以与其对视的修行者。其母亲也是沉稳平和的善良人，没有非同寻常之处。可为什么三个男孩都是这样呢？当时，也就是说两年前在嵯峨修行所的感受，我将一部分原因归于父亲年轻时的宗教生活和信仰精神，其中隐约有种神秘感，我反而为清野少年感到高兴。我以前就觉得这个少年是天生的宗教之子。

　　我在离开初中时曾认为，这个少年离开我后会成为迷途的羔羊，并失去心灵的归宿。因为他将我视为偶像，倾其身心倚靠于我。最终结果证实了我的担忧。他彷徨动摇、茫然无措，渐渐地将触碰外界受伤的心灵转向神灵。我每次看到倾诉这一切的来信，都会预感到他会皈依宗教。在我看来，那孩子之所以被认为是幸福之子，是因为他缺乏对事物的质疑意识。他在二年级作为我的室友时，也是原样照搬地信奉父亲所信奉的神灵。可他往往将该神灵与我叠加为一体。随着我去东京后时过境迁，神灵与我的合体有半边远离而去，他的心灵也似乎发生了分裂。而他只能将留下的神灵逐渐强化，以弥补我的离去所造成的空缺。这是我的感觉。从他的性格来讲，转而信奉父亲的宗教即大本教就像行云流水般自然。

在我的初中时代，大本教尚未在社会上引人注意，我只记得"皇道大本"云云之名称。我初次走访嵯峨深山时，在途中询问清野家时尽人皆知，看来其在嵯峨一带颇有名气，但被告知是金光教的大先生。我前年夏天来时，在到达之前尚不知晓清野的父亲是信徒中的重要人物，且在瀑布旁有修行所。

我虽然在清野家的二楼读过神谕解义书、祈祷书和其他宣教书，但认为其作为宗教缺乏深度、幼稚不堪。而另一方面，这对某些人却成了强加兴奋、强烈刺激的教义。

我不曾与修行者们有过片言只语的交流，清野的母亲也未向我谈及教义。只是清野初中的朋友讲了一知半解的东西，以及镇魂归神的情形。清野在旁边也笑着让我接受，并未强加于人地推荐。我尝试性地接受了镇魂归神，若像普通人那样不接受施术者的影响，即得以反抗所谓的神力，这就是考验我的理性的上好机会。虽然我受到些许诱惑，但毕竟感觉有些不爽。据说，没有人接受了镇魂却不信神。另外，我所想的理性强，根据清野的解释，不外乎附身于我的恶灵更具恶性、执念更深。

所有的人都有恶灵附身。所谓镇魂，即以正确的神灵之力将邪祟的恶灵从人身上祛除。通过祛除恶灵、神灵取代，获得神灵守护加身，即可回归人之本然姿形。此即归神。其法术首先要与施术者对坐。施术者为神圣的神灵，其口诵大本教神之名称，要求受术者复诵。受术者不得坚持个人意志，必须发声复诵。受术者的身体不受个人意志控制。然后，神圣的神灵与恶灵开始彼此问答。施术者询问姓名、住址、嗜好、癖性，受术者代替自己体内的恶灵应答。例如，当清野的父亲问我的姓名时，我就报出迄今未闻未见的恶神的怪异名称。在问我喜欢什么时，我就回答说油炸豆腐。然后以神圣之神的力量告诫恶灵，命令它离开人体返回自己原来所在的地方。这与催眠术不同。因为受术者不会进入被催眠的状态，而是在意识清醒的状态下不由自主地发出与个人意志相反的言行。而且，结束后仍对受术过程中的自己保持清晰的记忆。

据说，清野那位初中朋友的附身恶灵是具备了神性的狸，而我的附身恶灵则是狐，而且是执念颇深的狐。

清野少年说，修行之后，他已能通过观察来判断谁的恶灵是什么，但是尚未达到对人施法镇魂归神的境地。

通过对我镇魂施法，我了解了令自己痛苦和心生邪念的恶灵。借助先导施术者，唤醒了我体内的本性和守护神，增强了我的力量，并从此迈出击退恶灵的第一步。然后，我就能以自己体内萌发的善性和神力对自己施法镇魂，并持续抗击，直至战胜恶灵。经过这番修炼，即可成为大本教所要求的正派之人，即神之子。这是修行的一个阶段。

在这第一道门前迷惘彷徨，脸色苍白阴郁的人们蛰居此山，以自己的信仰和清野父亲的指导、助力来坚持抗击，努力接近驱退恶灵的神性。据说，此教的开悟与修禅相同。

在我思索大本教是否值得嵯峨修行所的青年们那般苦修之前，他们阴郁的身影已先使我心情沉重，而我看到的清野少年却是天真无邪。清野全家人的表情都是那么明朗祥和，浑身洋溢着静逸的喜悦。我听清野少年讲述自己的信仰之心和大本教的奇迹，感觉就像在听小孩讲童话故事。他从石崖跌落却没受伤，我走访他在嵯峨的家，他都像在讲神的奇迹般兴致勃勃。他讲了许多许多，并让我看了所谓的"土米"。

据说，在绫部市某处山中有一块灵地，因神的启示被发现，却仍对世人秘而不宣。与其说它是自然而然地出现，不如说是依照神意现世。它呈现出泥土干燥的颜色，是形似粟米的土粒，满满地盛在大纸箱里，颗颗大小齐整得妙不可言，也许用机器都造不出来。若真是天然的土粒当然让人感到匪夷所思。在日本国难当头、行将覆没时，严重的饥荒来临无米可炊，人们将会饿死。这时，唯有大本教的信徒每天只吃两三颗神灵惠赐的"土米"就得以生存。

我咽下四五颗丸药似的"土米"，完全就是泥土的味道。这或许因我并非信徒，而且目前亦无国难。此时我已饥肠辘辘。

我在第三天上午向做过晨祷的清野少年告别，并逃离山中。

我作为异端者感到无地自容，而且大本教的氛围令我窒息。即使下次再访清野，我也不会登至瀑布处，就在下边溪流岸边的旅店叫他过来。在瀑布修行所无暇轻松交谈，而且我很难将其思绪拉回初中时代。我并非对大本教本身感兴趣，而是想了解信仰大本教的少年的心境。他的信仰之心令我羡慕，并澄洗了我的心灵。如果大本教真是邪教，那我也许应该竭力让他从迷妄中觉醒。可我根本做不到，而且很难断言自己必须这样做。

清野少年并非为了消除心中苦闷忧烦而求助于神灵，

亦非一度尝试反抗后跪拜于神前，而是其父所信仰的宗教自然流注于孩子心中。即使在修行过程中，他也不曾遭遇过邪念的障碍和怀疑的执迷吧。他是轻松自如地在平坦光明的道路上循迹而行吧。或不如说，他是不需要修行的信徒。他苦修磨砺信仰并不是为了达到某种境界，而是为了避免玷污生来从未丧失的心境，所以才靠信仰来支撑。

即使听到清野讲述信仰，我也从未产生过压迫感和强制性，更无理性的反驳。虽然他坚信那种无稽之谈，在我看来是偏执狂，却又感受不到他的固执和僵化，而只是开朗愉快的微笑。虽然其微笑中夹杂着些许滑稽，但少年纯净无瑕的信仰之心向我涌来，我并非被其所信的对象感染，而是被其信仰之心愉快地感染了。

在看到清野少年被瀑流冲击的身影时，我感受到了神灵的启示，睁大了惊异的双眼。

修行者们不会在加热的汤泉中沐浴，而是在瀑布和溪流中斋戒沐浴远离水垢。瀑流溅落在昏暗的树荫下。我虽带着柯达相机，但即使是在夏季的正午，用二十五倍或五十倍的镜头也无法清晰地拍出瀑布的姿影。溅落的水量相当大，高度也许不到十四米。我刚刚到达，清野就立刻带我去瀑布旁。他说天气太热。他在长发上戴了一顶胶皮海水帽状的物件。

据说，大本教信徒蓄留长发是因为笃信善神从头发入体，而恶神则是从指缝间入体。清野还教给我各种交叉手指祛除恶神的方法。

我只是接近瀑布就感到浑身发冷，坐在树荫下的凉亭里听到瀑布的声响就不想进瀑底了。

诵祷之声朗朗响起，震荡着瀑流的轰鸣。啊，少年此时背负光环，端坐于磐石之上闭目沐浴瀑流。他在用全身诵祷，双手合掌紧贴于胸前，并不时地将合掌的手臂笔直地向前方突刺，以此祛除从指缝入体的恶灵。

我只以为少年背负光环，但仔细想想并非如此。其实是瀑流落下冲击身体溅起水沫，在周围画出白色朦胧的晕圈，但是他全身形成美丽的精神统一体静止不动。溅湿的脸庞因法悦①而神态祥和，俨然一尊洋溢着慈悲平睦的雕像。他既未流露出苦修磨砺的意识，也未显示出肉体的痛苦；既看不到试图通过苦修逃脱迷惘的成见，也看不到通过苦修已达到崇高境界的欣喜，完全是接近初生天真的自然身姿。不过，确实显得庄严而神圣。我被初次亲眼看到的所谓灵光打动，感到浑身冷飕飕的。我接着就感到了强劲的反弹，想让自己在精神上挺胸伸腰。

清野不是以前就皈依我了吗？可是，他那以瀑沫为光环的身体和脸庞所显现的精神的崇高却非我能比。我深感惊讶，渐渐心生嫉妒。

---

①法悦：佛教用语。聆听佛法后感到身心自由的心情。

少年离开瀑底来到我身旁，仿佛忘却了飞流的冲击，喜笑颜开，不能不说与瀑流下的他判若两人。我虽然受邀却再没去过那里。

在我踏上归途时，清野少年来到小山丘般的巨岩顶上送我，他端坐在岩顶，远望我走下山谷。

十一

我在前文中也曾说到，《汤岛的回忆》中对清野少年的回忆部分没有像《伊豆舞女》那样进行过整理。现在将此整理成小说的形式，我也感到不太自然。《伊豆舞女》几乎是以《汤岛的回忆》为原型整理成小说的风格的，而这篇《少年》即使不像小说，我也仍想尽量保留《汤岛的回忆》的原貌。

初中时代的日记、高中时代的作文书信、大学时代的《汤岛的回忆》，我想将这些素材丛集于《少年》之中，并添附我年届五十岁的些许感言缀合成篇。

嵯峨访问记到"他端坐在岩顶，远望我走下山谷"暂告一段落。

接下来是清野少年的存在对于我的意义以及感化之类的叙述，写得别别扭扭却从心所欲。这些放在后边再说，先选取部分关于清野信仰之心的记事。

我觉察到清野似乎在信奉我所不知的神灵是在我上

初中五年级的四月，他入住学校宿舍之后不久。

我因发烧卧床休息，睡得很浅。大概是在凌晨两点，我迷迷糊糊地醒来，听到清野反复诵念不知其意的同一话语。他的诵念声使我的睡眠更浅。我微微睁开眼睛，只见清野和另一个室友坐在枕边，这才意识到他们是在看护我。清野合掌摇晃着身体正在连续诵念着什么，我立刻闭上眼睛。他俩都不知道我已醒来。

"哩哩嘎嘎、哩哩嘎嘎、哩哩嘎嘎、哩哩嘎嘎……"

我听他这样诵念，就想到可能是祈祷神灵保佑的一种咒语。

由于清野极度认真，另一位室友似乎已笑不出来。

如果我此时突然睁开眼睛，让他发现我对其诵祷有所疑惑，就会触及他的秘密令他蒙羞，所以我纹丝不动。在他给我替换额头湿巾时，我才睁开了眼睛。

即使到了第二天，清野仍未对我提到"哩哩嘎嘎"的事情。虽然我感到几分滑稽，但对他认真热心的态度和为我祈祷神灵保佑心怀好感。"哩哩嘎嘎"的诵音频频浮现，我不禁独自苦笑。

在我和他越来越亲近之后，就尝试问他"哩哩嘎嘎"是什么。清野既没反感也没困窘，轻松自如地笑着说："那是对你未知的可贵神灵做祈祷，你的病即因此而痊愈。"

清野向我一点点地讲述关于那个神灵的情况。他当时的讲述条理不清，也没有完整的内容。我否定神灵的存在并与他对峙。由于清野所信奉的神灵与其教义都不明确，所以我并非在攻击他的神灵。这倒也算不上一般性的无神论，也就是搬弄不足挂齿的小道理而已。当回答不了时，他就退避三舍地说："我讲不清楚，来家里和我父亲讨论吧。"

清野似乎对我不接受他所信奉的神灵难以理解，好像有某种不自然的感觉。当时，似乎他还以为我不会去，但那个时机即将来临。他认为，信奉那个神灵、为那个神灵效劳就是优秀而正确的人的唯一道路。所以，按他的观点，我就应该是为了那个神灵而降生的人。清野终于说出这样的话："你就是接受神之命令的人，应该为神做大事的人。你自己虽尚未意识到这一点，但不久就会明白。"清野说我是被神灵选中的人。他的话既非挖苦，亦非偏执，而是童心的流露，坦诚的信仰之心、爱与敬的表现。这样一来，我就想到清野已将他所信奉的神灵与我合为一体。在无意识当中，我就觉得自己似乎占据了那个神座。

我明确得知清野的信仰被称作大本教，是在我来到东京之后。

我走访嵯峨深山时，清野依然沉稳平静，并未急于将神灵与我相联结。这更说明他远离我而接近神灵了吧。不过，他仍深信我投奔大本教神灵座下的那天注定到来，有安心等待的意图。

总之，就像在诵念"哩哩嘎嘎"时那样，如今清野

应该仍在为我祈祷神灵庇佑。他那样的人做祈祷，神灵
定会欣然接纳。

　　如此看来，即使我现在并不信奉大本教，但在发生
神灵所预言的世界的重建时，自身亦可依靠清野的祈祷
得到神灵的佑护而安然无虞吧。

我有时会像这样写得有些离谱，多少夹带些玩笑话。

但是，我对第二代教主和第三代教主入浴异常感兴趣并
着墨颇多，也是因为与清野有过交往。虽说如此，我从未认
真关注过大本教。

在写得有些离谱之后还有如下记述，也是夹带了玩笑话。

　　未曾料想，我在天城山麓的汤岛温泉与清野他们的
活神——第二代教主和第三代教主——邂逅。居然会发
生如此偶然之事，难道是某种机缘所致吗？清野在嵯峨
深山头顶飞瀑为我祈祷，难道真是他祈祷的神力所造就
的奇迹吗？自从我屡次来此之后，这座旅馆的全家人也
都成了热衷虔诚的大本教信徒。

十二

他端坐在嵯峨深山的岩顶，远望我走下山谷，从那以后，
我就再没见过清野。这是我二十二岁那年的夏天，也就是大

正九年发生的事。

我在初中宿舍和清野同住一室是从大正五年的春季到大正六年的春季，那时我上五年级，室友清野上二年级。

前文中摘抄了大正五年十二月十四日和大正六年一月二十二日的日记，我想在这里再次选取清野名字出现过的几篇。

日记从大正五年的九月十八日开始。在十一月二十三日的日记中有这样的描述：

　　昨夜就寝后，我们一句也没交谈就入睡了。

　　我忽然在昏暗中醒来，握住清野温暖的手臂。我感到一股暖流从清野的皮肤传到我左臂的整个侧面。清野似乎浑然不觉，抱着我的胳膊入眠。

　　这种状态从十天前在睡前和醒来时反复出现。

由此可见，我和清野的这种状态是从十一月二十三日的十天前开始的。

虽然九月十八日的日记中出现了清野的名字，但由于这是日记的第一天，所以摘抄于此。

日记从九月十八日跳到了十一月二十二日。在此之间没有日记。

　　　　　　　　　大正五年九月十八日　　晴
　　闹钟没响，我睡过头了。勤杂工过来叫早。

小泉就穿着睡衣下楼去摇起床铃，然后去凉水浴场。

皎洁的月亮当空高挂。

七点四十分到校。

体操课无故旷课，我回到宿舍，趴在榻榻米上阅读《法国物语》。

我今天又自问一大早去学校有什么收获，实在悲哀。我觉得自己好像是学校教育的异教徒，就这样被拖拖拉拉送走了五年时光，眼看就要毕业了。我虽然知道舍弃这种生活很现实，但自身缺少天分难以依靠，一直在生活平安的希望和惧怕争斗的胆怯中彷徨，做出妥协而生存至今。若以此前耗费的资金、时间和努力走自己的路，必定能达成某种目标，把握住更加坚实的自己。

可我又即将脱离这种生活。

而且，我对学生生活将同样以幻灭告终而深感担忧。

啊，我希望将自己获取的生命燃烧殆尽。

这是个星辰绝美的夜晚。

乳白色的绸带纵贯夜空中央。

熄灯后的寝室窗口，今晚唯望清晰的十字架星座。

田山花袋

时光匆匆流逝。

流逝时光之声清晰可闻。

正是那个声音。

正是那个声音。

大正五年十一月二十三日　晴

我周围的少年们十分可憎。他们眼中闪烁着的藐视的目光令我无法忍受。我甚至产生了敌对情绪，心里说等着瞧，沉默着郁闷不已。当想到这都出于自己被虐的心胸和偏执的性格时，我就感到非常惭愧。看到单纯直率的人，自己就真的心生怜悯。疑心深重、邪念丛生的我已经不能回归少年之心了。

曾经那般信赖和喜爱的室友们都变得令我厌恶，这是为什么呢？

昨晚就寝后，我们一句也没交谈就入睡了。

我忽然在昏暗中醒来，握住清野温暖的手臂。我感到一股暖流从清野的皮肤传到我左臂的整个侧面。清野似乎浑然不觉，抱着我的胳膊入眠。

这种状态从十天前在睡前和醒来时反复出现。

清野以为我只是帮他焐暖手臂，仅此而已。

我正要吃早饭，有人打电话找清野。他对我说，他的祖母去世了，必须回老家。

我回到宿舍，同杉山一起把寄给他当包袱皮的旧国旗拴在竹竿上，伸出窗外。

定做外套。散步。

清野回老家去了。

我能以正常心态看待室友了。

我实在心神不宁，就带小泉去了千里山。此前曾听走读生Y说过，想见的少女所在的医院散发新味的大门依然紧闭。今天休诊。返回时已是正午。

我脑袋迷迷糊糊的，躺在草坪上沐浴着温暖的阳光。

我返回宿舍，时而翻看《死亡的胜利》，时而翻看《复活》，却怎么都提不起兴致。这时S来了，于是我们一同外出。我们去了T书店。欠款已解决，我却仍旧无法对这里产生好感。

一年级的N同学在书店里，我着迷地注视着这位少年。他是那么美，美得令我想抓挠自己、想哭出来。

N也已届青春期，现在的美即将消失。我也将离开N他们。我着迷地望着这样的美，想到自己与他毫无接触就要告别这座城镇，失落感难以平复。N总在我脑海里出现，但我对于他又算是什么呢？他在众多美少女的眼中会显得非常可爱吧。如果说现在有什么能将我引向死亡，那就是丑恶的悲哀。

当晚我没去听演讲会，铺好被褥就寝了。

清野尚未归返，小泉在我旁边睡下。我像玩弄清野的手臂那样玩弄小泉的手臂。

大正五年十一月二十四日　星期五　阴

停了两三天后，再洗凉水浴。半阴半晴的天气在持续。

阅读正宗白鸟的《死者生者》。

在邮局取了七日元，去定做外套的万嘉店付款。

散步返回时同H顺路去足立粗点心店，室友小泉和杉山进来了。

整理书籍。心神不宁。

直到昨天，我的目光都在注视一年级的N少年。与此相同的是，我的目光又开始注视也是一年级的M少年了。

昨天中午时分，我在宿舍老旧自修室举行的展览会会场发现了那张美丽的脸庞。从压得很低的帽檐下，看得到他的眼睛、眉毛和额头。今天，我看到了他没戴帽子的脸庞。他是走读生M，蔷薇色的脸颊让人赏心悦目。我是头一次看到那么精神焕发的脸庞，蔷薇色衬托着浓眉大眼，孩子气犹存，使他显得更加可爱。

另外，我在街道上还看到一位相当美丽的少女。她穿着打扮不太好，戴着眼镜，抱着个孩子。（听说她是医生的女儿之后，我对女人的眼镜很在意。）

可这种事又会怎样呢？当看到稍有美感的人时，我心里发生了什么？

我为什么会如此卑俗呢？

我读了《新潮》杂志的《受难者》评论，在读赤木桁平先生的作品时，我希望在遇见自己的女人之前保持童贞。

大正五年十一月二十五日　星期六　雨

　　昨晚清野回来了。

　　我对室友的心态开始模糊动摇。

　　或许是因为感情已消逝而去，我像对待亲兄弟般疼爱他，而我所希望的只倾慕我一个人的少年已不存在。或许与我渐渐兴趣索然相同，室友们对我也兴趣索然。我想到这里深感失落，仍希望室友保持对我的倾慕。

　　我读了田山花袋先生的《独居山庄》。

　　不知何故，我无法在宿舍里静心读书，于是外出散步。返回后依然坐卧不宁，我就叫上片冈君一起去理发。

　　中午开始下雨，路面有了积水。

　　在理发店借了毛巾和肥皂，和同来的中泽君一起冲进最近的公共澡堂。三人一同清清爽爽地返回学校。

　　来到校门前，只见单独返回的白川露出美丽的笑容摘帽行礼。我们一齐停下脚步，面面相觑，不知他向谁行礼。

　　白川是全校第一美少年。我还从未见过像他这样容貌姣好的少年。他比我们低一年级，态度非常认真。他原先也常出现在我的幻想之中，但在那白皙的脸庞上长了两三个小青春痘之后，我就感到他的美已有所荒失而渐渐淡忘。可是像今天这样，美少年还是第一次令我心醉神迷、怦然心动。

晚上，阅读一段生田长江先生翻译的《死亡的胜利》。

现在开始再读欠田君的习作《再生》。

从外边传来尺八颤抖的乐声。

雨声已停，但外边似乎昏暗无光。书箱的轮廓清晰地映在窗玻璃上。

　　　大正五年十一月二十六日　星期天　雨

无论如何，我必须在室友胸膛、臂膀和嘴唇温暖的触感中才能入睡，否则会觉得空虚难当。

清野似乎真的依然单纯。

"我心里想的事情从来没有不说出来的……"他偶尔也会这样讲。

"真的吗？真的吗？"我仍执拗地问道。

"真的呀！要是有话不说，我会憋得难受。"

清野就是这样的少年。虽然要强不服输，但十分诚实。

"我的身体都给你了，所以随你的便。要我死要我活，随你的便。要吃我要养我，也随你的便。"

昨晚他也坦然自若地说了这些话。

"你就是不这样握着，我醒来也不会离开。"

他使劲地抱住我的臂膀。他实在让我心疼得不得了。

我半夜醒来，只见昏暗中浮现出清野那憨拙的面容。

不管怎么说，在欠缺肉体美之处，得不到我的憧憬。

温乎乎的空气，昨晚开始下雨，将校舍淋得湿漉漉的。

我洗凉水浴回来，室内恶臭冲鼻，令人窒息。这是杉山可怜的恶习，而睡在他旁边的小泉真够倒霉。

我为什么注意力如此涣散？一时一刻都不能安稳。别说执笔写作，连专心致志地读十页书也做不到。在写这篇日记时，脑袋还一跳一跳地疼。我发狂似的甩头，用拳头咚咚地捶打。

我去街上溜达一圈回来，坐在书桌前依然烦闷不堪。我不知怎样才能摆脱这种状态，甚至想到自己可能会发疯。

我摔掉许多书本，然后读了两三部宝冢少女歌剧脚本。

下午，我和H外出。昨天委托的帽子已修好，我就戴上回来了。

周日整天下雨无法外出，连房门都泡湿了，开关也不灵了。

晚上，阅读《第二代》。我看到春日切手指那段实在难以忍受。脑袋疼痛得不知该如何是好，我就不停地狂甩。

不知为何，我读到关于手术和外伤的描写时，就会发狂般地受到惊吓。这种描写总是顽固地附着于大脑中。更别说看到真实场景，我的心脏会发生怎样的恐惧反应呢？

夜晚，时隔两三天星光闪烁，预示明日是个好天气。

今夜真的从心底喜欢上清野了。

清晨醒来时发生了地震。这可有点儿稀罕。

大正五年十一月二十七日　星期一　阴

我写的这十几页日记就收在书桌的抽屉里，室友们都知道。虽说他们都比我诚实正直，大可放心，但也未必不会产生好奇。另外，谁都无法保证朋友们不会因为有事打开我的书桌抽屉。想到这里我就有些恐惧。现在的我尚无勇气让最亲近的人读到这些日记。在继续赤裸裸地记述自己时被别人看到，对我来说会是非常难堪的事情吧。这确实有些危险。室友中清野和小泉值得信赖，而想到杉山有可能偷看却装出若无其事的样子，我就有些毛骨悚然。必须想个什么办法。

我从被窝里出来后打开窗户，乳白色晨雾的颗粒凝结在手上十分可爱，带来了愉悦感。

第二节课是伦理课考试。因为允许参考课本，所以学生必须以写论文的形式解答试题，"我认为……"。虽然我写了很多自己的思考，但不能很好地连贯起来，又想不出更贴切的词语，似乎前后矛盾、不能透彻地论述。不过，我还是心情愉快地写出了答案。可是，如果不向旧道德谄媚，就达不到斋藤老师所要求的结论。这让我苦不堪言。

三点半，我发现自己正在泽田钟表店，将凉爽的银表拿在手中兴奋地盯着看。我无法抑止急剧燃烧的欲望，被那块雕有精致花纹的小型银表吸引着，就径直赶到这里来了。

但是，由于那种小型银表没有理想的款式，就叫店家给我看更大的。于是，镶有景泰蓝的华丽银表出现在了我的眼前。这款最贵。我的虚荣心无论如何难以抑制，必须选择最贵的。这是我的恶习、本能。

我还加了条镶有铭牌的真皮表带。

正如当初谋划的那样，我把存折和私章交给店主，再三纠缠，求他去邮局代我取款，但对方不接受，所以我就极不情愿地亲自前往。从十一月上旬开始就取款三日元、七日元，接着是今天的十四日元二十钱。我不好意思见邮局的人，实在难为情，于心不安。

我在电灯亮起后走出店门，故意绕远躲开河堤，不时偷看银表自我欣赏。到下坡处碰到大口君，我赶紧把铭牌藏了起来。

晚上，和服店送来定做的外套。这件外套中也含有万千思绪。

五十日元存款、睡衣、外套、银表，都仿佛是孤儿的象征。我泪水盈眶。祖父去世后，归属于我的遗产就是这深藏的五十日元"劝业债券"，这笔存款。

大正五年十二月一日　星期五　晴

　　我忙于完成向学校提交的《学生日记》，这部日记无暇记述琐碎小事。

　　日历上的冬季到来。

　　由于此前购买的腕表走时不准，我下决心去泽田表店退货。店员说店主不在家，先把表放下并订购同款。如果没有就把这个修好，请尽量忍耐。如果是后一种结果，那我就想办法拒绝，然后去大阪买更精致、价格更贵的吧。

　　我真心喜欢清野。

　　我说："你当我的企鹅吧。"他说："我愿意啊。"

大正五年十二月二日　星期六　雨

　　英语语法考试前我根本没复习，但做得还算不错。

　　我回宿舍后又去了一直惦记的泽田表店，店里说去大阪的邮差还没回话。

　　我去了公共澡堂。像我这样喜欢进澡堂的人不多吧。洗完澡去附近的乌冬面店吃肉面和肉火锅。一个脏兮兮的幼童毫不见外地进来攀谈片刻，很快就像个熟人一样。我把面条和肉片托在手掌上，然后放在锅盖上给他。他狼吞虎咽的样子令人感到悲哀。我问了店员，都说不知道他是哪里的孩子。

我撑着雨伞回到了宿舍，边走边看在岸本书店买的《新潮》和从东京寄来的《文艺》杂志。

　　杉山回老家了，寝室里还有清野、小泉和我，自然感到气氛柔和了许多。可能是因为杉山总是带着那种恶癖臭气转来转去，弄得我无论如何也难以接受。

　　我必须抓紧完成《学生日记》，但今晚很想开怀畅谈，就加上小泉围坐在了火盆旁。

　　大口君进来说有事相托，并让我看了一封信，说信来自与我同乡、名叫河内的僧侣的儿子。我通过大口君借给这位少年很多小说，还知道他沉迷于文学且不甘于继承寺院。

　　大口君昨天收到这封信，已和 K 君、M 君等人吵吵了一番，而且 M 君在上课时替他写了回信，所以我想，那大概是女人的来信。我想他一定还会让我看信就等着，可一看是男人的名字就有些失望。

　　我读了那封信。在秋天的深夜，名叫河内的少年注视着信中所谓"无罪的妹妹、尚未对异性萌情的妹妹"的睡脸，觉得不能不答复大口君的来信，于是写了这封信。"如果是清纯的爱、对于自己妹妹的爱，我会欣然认可唯一朋友的你对妹妹的爱。我知道，喜欢年轻姑娘时，心中必然伴有阴暗的欲望。但是，我从心底相信你。如果你真心爱她，我不会愚俗到对你说三道四。"

　　而且，大口君想委托我的事，就是希望我按照约定借给河内《受难者》。我极不情愿地答应了。

我觉得大口君的爱情多为好奇心。那个妹妹是什么样的女孩儿呢？我很想看看。不管怎么说，我羡慕大口君的勇气。他的决心确实非同小可。他既然已向恋人的哥哥表明心意，打算怎样担负责任呢？这封信被很多朋友看过，代写的回信也被人看过。如果河内和他的妹妹认真起来，那就太可悲了。即使是河内，虽然不知他信赖大口君到什么程度，怎样看重妹妹，对恋爱如何认识，但起码这也是不负责任的做法。

自己何时能有勇气向某个人表白爱情呢？实在可悲可叹。我并不期待大口君能够获得爱情。这是嫉妒吗？

当晚，我左拥右抱着小泉和清野的手臂入眠。

大正五年十二月三日　星期天　晴

我被银表摄去魂魄，心神不宁。

刚吃完早饭，我就带着《徒然草》的发票和存折去了虎谷书店。店员似乎刚起床，说店里没货需要订购。

晨雾在街道上飘摇，我感觉神清气爽。表店门还关着，我感到焦躁不安，于是打算先去散步，等到表店开门。我来到通往T村的小路，只碰到从河内运来红薯的大车，没有行人。

我挺起胸脯健步如飞，体内深处涌出喜悦，精神越发振奋。今早向"一高"寄发索取招生简章的信函，我已认真考虑此事。我很早就确定了三田（庆应）或早稻田的文科，却突然又想到帝大，想到了"一高"，昨晚忽然萌发了对向陵①的憧憬。

散步三十分钟后，我顺路来到泽田表店。等候片刻，店主起床出来说同款银表大阪也无货，叫我再忍一忍。于是，我带着这块银表返回。

在堀书店用现金买了托尔斯泰的丛书《伊凡·伊里奇之死》后，我只剩很少的钱了。

继续写《学生日记》。

下午，由于银表的时针和分针不能正常指示，我自己调整时啪地折断了。我不好意思去泽田表店，就去石井表店修理。

S君约我外出，吃完小田卷蒸碗和鸡肉葱花汤面后去洗澡。

明天有立体几何考试，熄灯后我去图书阅览室学习。然后，在事务室和N先生交谈到十一点左右。

大正五年十二月六日　星期三　晴

早上，给京都的M先生寄信。

欠田君给我带来了莫泊桑的短篇小说。

地理考试虽然允许参照课本，但考题非常难。

我学代数也很用功，国语课也老老实实地听讲，历

---

① 向陵：旧制第一高等学校的别称。

史也认真学习。因为我决定报考"一高"。

吃完午饭，教室里在做十二指肠寄生虫预诊，我蒙混过去了。我的室友全都受到怀疑，不得不做便检。

为了学习而运动，我做好去澡堂的准备出了门。

到了澡堂，我在确认周围没有熟人、年轻人和女人之后，这才照着镜子仔细观察自己的肉体。

肉体之美、肉体之美、容貌之美、容貌之美，我是多么憧憬美啊！我的身体总是苍白无力，我的脸上已无青春驻留，泛黄浑浊的眼珠布满血丝、目光犀利。

我到虎谷书店，毕恭毕敬地接过《徒然草新释》，告诉店主此前已向宿管提出请求，随即逃出书店。我此前借阅了《新潮》和《徒然草》，店家对我所说的话会怎么想呢？

我又去百濑租书店，租来广津柳浪的《今户情死》和高滨虚子的《俳谐师》。

夜晚，我查阅了第四阶段读本的第一课和第二课，还做了做代数。

杉山今晚也未睡觉，他在苦学。

大正五年十二月七日　星期四　晴

昨夜真的不能不疼爱室友们。我深切地意识到，自己必须更加坦诚地躺在室友怀中并更加纯真地将室友拥入自己怀中。

生方敏郎先生又寄来了明信片，用钢笔潦草地写道：七日下午四点在大阪高津神社内的梅屋举行《文艺杂志》联谊会，务必出席。我高兴极了，非常想去，就像必定要听汉文课那样。我穿上带袖兜的棉衣和新定做的外套去吧。该到邮局取多少钱呢？我欣喜若狂地走出教室，刚要进教员办公室请稻叶老师允许我因故要回老家，又停下脚步想了想，联谊会上与参会者交谈的我的年龄多大合适，尤其是知识如何，更为要紧的是自己的风采和容貌如何……我想，要不就只发一封贺电吧，可转念又想到钱不够用。因此作罢。那就在生方先生回东京后写封信。到了三点左右，我就把这事忘了。

第一节体操课结束时，甲组的U君叫住我说："这次东京的初中生和女校生集中发行文艺杂志，你也当一名会员吧？"我欣然接受。

我上"一高"的愿望更加强烈了。

夜晚月光如水。

大正五年十二月十四日的日记前文已出，此处省略。

大正五年十二月二十三日　星期六　晴　回老家

长假即将到来，无家可归之子的悲愁愈加强烈。

新年到来，我和室友们将七天见不到面。因此，昨夜大家凑集零食吃了顿夜宵。今早，我拥抱着清野与其分别。

上英语课时，仓崎老师告知第二学期英语考试的成绩。我的译读九十分，作文会话九十一分，比U君只低一两分，在乙组中排名靠前。

体操课贴出"赤足武装集合"的告示，在杉本老师的号令下进行了中队军事训练。老师对军队的了解真是少得可怜。

午饭后，举行学期结业仪式。

结业仪式之后，我没去听本校毕业的海军学校学生做的什么报告，而是回到宿舍整理参考书和衣物等。

小泉乘坐两点钟的火车回家。

我离开寝室时，清野也走了。

我虽然也可以坐两点钟的火车，但一直在磨磨蹭蹭。

大家都离开后我感到太冷清，于是决定翌日再去搬运石棺。我穿上带袖兜的外套（信上写明在津江得到），并挂上景泰蓝银表走出宿舍。

半路上，我等到片冈君后来到车站，已有很多人先到。我抱着三个包袱上车，心里涌起同大家一起去遥远的他乡旅行的哀愁。

我在下一站下车时，叫人力车奔跑在夕阳辉映的旷野中，超越了徒步的初中生，回到了舅父的家。

进屋坐在火盆旁，我就让他们看银表和新外套，然后要了五十钱补交车费。

我申请报考"一高"寄出的信还没有回音，说了几句话就沉默了，特别是和表兄交谈时找不到话题。想到我报考"一高"的志愿还没着落，悬着的心总是放不下来。

　　为掩饰闲寂无聊，我就收拾行李，并照惯例去里面六铺席的房间问候生病的外祖母。我总是能从她那里听到全家人对我的怨言。对此我虽心怀恐惧，却依然很想知道。今天我想知道他们对我的来信有什么反应，可外祖母似乎并不了解此事，只说了种吉去世和村里的事情。

　　晚上也没提起"一高"的话题。

　　我进被窝后向表兄询问H中尉的情况。表兄只说H中尉今年也没能进陆军大学，已经打算放弃并晋升大尉当连长，就这样度过一生。

　　大正五年十二月二十九日　星期五　晴　雪化

　　无法安眠的夜晚在持续。

　　继昨日之后，佃农一大早又把米袋搬进院里。

　　舅母头疼，看样子很难受，极度消瘦，卧床不起。

　　我被外祖母叫到了六铺席的房间，她给我一日元，让我今天上街去买冻疮药、草纸、豆包、菜包。我说好今天从学校回来时买。

　　写完昨天的日记，我假装去厕所，走进舅母病卧的房间为她做按摩。我使尽全身力气，舅母像是很舒服，说了很多感谢的话。

阅读《徒然草》稍有进展。

表弟早上骑车去街上银行并绕到了大阪，迟迟未归，家里人都很担心。

在外祖母的催促下，我独自提前吃过午饭，向表兄借了一日元五十钱买参考书，而后穿上裙裤和外套出了门。

冰雪融化之后，路上的泥泞令人生厌。原野上的积雪尚未融化。

我在车站见到欠田君，他说在学校看过考试成绩后买了杂志，归途中要去大阪。我们立刻谈起文学的话题，还提到了各杂志刊发新年号的消息。

欠田君说，他向家里提出要去东京并极力坚持，却被小题大做召开的亲属会议否决，现在正为何去何从犹豫不定。我们还谈到了清水君，听说他正在认真地创作《朝日新闻》悬赏五百日元的长篇小说。

欠田君说：

"清水君也说，你来时通知一声他就会去，咱们仨在我家聚聚吧。"

学校里寂静无声。

我走进学生休息室，首先察看我的考试成绩，七十五分，第八名。比起四年级升五年级时的第十名和第一学期下降到的第十八名，这回名次有所上升。我藐视学校里的考试成绩，可一想到傻里傻气的家伙们坐在自己身后就感到屈辱。第二学期我坐在前面第二排，简直愚蠢透顶。我入学考试是第一名，上一年级以来名次急剧下降。虽然自己有头有脑、不甘服输，但还是悲从中来。我已得不到别人的认可，现在要下定决心，为了报复他们必须考上"一高"。

我在火车里也对欠田君说，自己之所以决心报考高中，就是为了报复那些因我体力和学力处于劣势而蔑视我的教师和学生。

同处乙组的H君得七十六分名列第三，我对此深感惊讶。M君与其分数相同却名列第六。大口君排名急剧下降。然后，我仔细察看成绩表发现，自己所不擅长的物理第一次考试缺考，第二次考试尽管连续两天复习到半夜十二点，但还是意外失手了。懈怠了《学生日记》、轻视国语汉文等，也是得分偏少的主要原因。我觉得无论怎样，提高平均分数两三分并非难事。我抄录了宿舍同学们的成绩。

我进宿舍拿出存折和私章送到邮局，一位平时没见过的年轻姑娘在办理业务。她也许是K先生的妻子，十分可爱的少女。面色白净的K先生也在……

我去虎谷书店，买了藤森良三先生的《几何学的思考方法和解题方法》上卷和《代数的学习方法和解题方法》上卷，还买了清水先生的《生命的青春讲义》和《中央公论》新年号。我把借表兄的钱和存款合起来交费。

我告别欠田君来到宿舍，用包袱皮包好夹衣赶往车站，没坐上两点的火车，还买了邮票和明信片。

　　我顺路去了街上的家具店，他们曾在我家卖房时来过……

　　我在天空暮色降临时到了家。

　　我边走边读谷崎润一郎先生的《人鱼的叹息》。

　　年届五十的我不曾想到，在这篇十二月二十九日的日记中还记录着我初中四、五年级时的考试成绩。

　　在我的学校，当时根据考试成绩分甲乙丙三组。我是乙组第八名，上面还有成绩更好的甲组。以第一名入学的我最初当然是在甲组，但在某个年级时就跌落到乙组了。乙组第八应该是全年级中上的水平。

　　升高中的入学考试成绩也不错，但后来又急剧下降。

十三

　　大正六年的日记从一月九日开始。从九日跳到了十五日。然后在二十二日中断。

　　　　大正六年一月九日　星期二　晴

　　住校生应全员参加武术冬训，I先生来叫早。室友小泉、杉山参加，清野缺席。窗外天色未亮。

我把凉透的被炉推出被窝，顿时就冷得缩成一团。早会的铃声落下，我去参加。洗脸池结冰了。

我借给片冈君"一高"的一览表。

去上课时，座位顺序变了。

我在图画课上对S君说过，如果经过高中考进帝国大学，我就干脆当个文学家。我对自己创作天分的怀疑日渐增强，最近关注点已朝这个方面倾斜。这也是事实。但是，我真的还不想扔下创作之笔。不，不会扔掉的吧。还早着呢！

回到宿舍，学习《徒然草》和代数。

在今天的体操课上，杉本老师给了我"毕业以后"的教程。老师昨天和今天的话语中都有一种恳切的态度。我也不想心怀恶意，而要感谢老师的奉献。我强烈地认识到，在校期间尽量遵守校规认真生活才是最为真实的。

我铺好被褥，早早地把被炉放进去暖上。

大正六年一月十六日　星期二

我艰难地阅读阿部次郎先生的《为了艺术的艺术和为了人生的艺术》，觉得这篇论文很好，却难以在头脑中形成清晰的认识。

T君约S去吃乌冬面，把我也叫上一起。我顺路去虎谷书店，山崎先生的《新英文解释研究》已到，正好取走。在熙熙攘攘的街道，我们进了名叫"山新"的乌冬面馆。这时福山老师忽然进来，我们回避不及，赶紧跪伏在榻榻米上。与其说尴尬，莫如说滑稽不堪。据店里人讲，其实老师就在旁边站着，我们却没发现。N君和M君也来了。

T君劝烟，我就接过来抽了一支。清水、欠田和其他走读生也来了。

我又顺路去虎谷书店，然后在高桥一带散步，与刚才为我们付款一日元多的走读生S君告别，正好在晚饭时间返回宿舍。

晚上，杉山说一起吃零食。我因为没钱，就支吾过去了。

大正六年一月十八日　星期四　晴

昨晚熄灯后，过了四十分钟，我在黑暗中钻进冰凉的被窝。一直没入睡的清野用胳膊、胸膛和脸颊焐暖我凉透的双手，我特别高兴。

放学后外出求购《文章规范》。

大正六年一月二十日　星期六　阴

四十七日元的邮政储蓄存款也只剩一日元了。前几天刚取出一日元八十钱，钱包里只剩一枚五十钱的硬币，真是囊中羞涩。无论如何，我的血液里流淌着少爷秉性，爱慕虚荣也吃过苦头。从小失去父母、由亲戚养大带来的悲愁，也主要因为金钱拮据。而且我变得越来越贪财，对朋友和他人也越来越斤斤计较。我忽然发现了自己的这种变化，深感可悲，实在难以忍受。

由于对朋友的那般虚荣心，有很多书籍成了牺牲品。今早我又把与谢野晶子女士的《从夏到秋》《女人的一生》及北原白秋和土井晚翠的诗集等塞进了去大阪的包袱里。

稻叶老师在厨房里，我无法从后门溜出，因此没能赶上一点钟的火车。

在车站遇到校长先生，我无可奈何，只好若无其事地行礼。因为我手里提着包袱，校长肯定以为我要回老家。

我在福岛区常去的旧书店里锱铢必较地争吵，把我的书卖了一日元七十钱，把清野的缺页词典卖了八十钱。

我在别的书店买了《增镜新释》、斯迈尔斯的《品性论讲义》、滨野先生的《新译论语》。这样一来，除了交给清野的钱之外还剩不到三十钱。我慌慌张张地赶到车站。

在站台上，我发现一个柔美俊秀的少年，于是坐上同一节车厢。我注视着他直到下车，并沉浸在病态的妄想中。

阴沉的天空下了一阵雨又停了。

大正六年一月二十一日的日记前文已出，此处省略。

大正六年一月二十二日　星期一　晴

早上Ｕ君告知我："东京的Ｅ子来信说，身为女学生不能给中学宿舍寄信，请代为问候。"我只是若无其事地回答说："我刚刚回复了前些天的来信。"

我在宿舍自修的三小时都未能集中注意力学习，从第一节课结束时就说想吃烤年糕。我从寒冷的操场上偷偷钻出篱笆，可是烤年糕已经被卖完了，我就顺路去足立粗点心店买了"夜之梅"、千年糕片、柑橘等回来。我正和室友们一起吃点心时，大口来了。尽管昨晚发生了那件事，他却依然满不在乎、毫不客气。我感觉受到了侮辱，实在难以忍受。关于英语发生了小小的分歧，大口想以多数决定，就单纯幼稚地在全宿舍游说。我的愤怒没能表现出来。

熄灯后，我在事务室里学习《徒然草》。想到寝室里清野和小泉已经睡下，我不放心大口，坐立难安，就提前回来了。我特意放轻脚步登上楼梯，观察了整个走廊和房门后才进了寝室。没有发生任何事。

从大正五年九月到大正六年一月，出现清野名字的日记已全部摘抄于此。

这部分日记结束后，过了两个月，我初中毕业来到东京。我与清野之间的回忆即如日记中所述，持续到了毕业。

但在五个月之间，我与清野之间的感情似乎看不到发展变化和增减。我们也不曾借助语言来表达。两人之间的交往显得自然而安稳，温柔地煴暖了回忆。

十四

初中时代的日记结束了，在此重回大学时代的《汤岛的回忆》。

也就是说，前文所述"接下来是清野少年的存在对于我的意义以及感化之类的叙述，写得别别扭扭却从心所欲。这些放在后边再说……"，所述部分按顺序摘抄于此。

这也与高中时代书信中所写的"我觉得你就是拯救我的神……你是我人生当中新的惊喜"相通。

但我在写高中时代的书信时，并未看过初中时代的日记。而且，在写作《汤岛的回忆》时，我已经忘掉初中时代的日记和高中时代的书信了。年届五十岁的现在，我才将这三种记录合起来通读。

在《汤岛的回忆》中，清野端坐在岩顶，远望我走下山谷，嵯峨访问记至此告一段落。接下来就是"人总会从出生之后……"之类别别扭扭的感想文章。

　　人总会从出生之后周围的境遇，以及出生前的遗传中沾染某些异物。若不能自主地略加清洗或逃离，站回自我的原点返璞归真，就会失去真正的自我。既然在大本教中将那些沾染的异物简明地称作恶灵，那么镇魂归神便也理所当然。

我二十岁时，曾伴随巡演艺人同行五六天。我心生纯真的感情，分别后泪洒旅途，未必只是出于对舞女的感伤。舞女如今也初懂人事，是否会对我萌动女人的淡淡情思呢？我怀着如此乏趣的心情想起了她，但在当时并非如此。我与常人不同，从小在不幸和反常的环境中成长，形成了偏执扭曲的性格，深信自己猥琐怯懦的心灵已封闭在狭小的蜗壳内，并为此苦闷不堪。像我这样的人也能得到善意相待，就感到更加难能可贵了。而且，深信自己心理畸形反而使我难以从畸形中逃脱。

不过，我对自己有这种认识当然也是因为自身就有这种缺陷，同时我也渐渐地意识到，我对自己的异常境遇怀有少年般的感伤及夸张般的感伤。我开始觉得没必要苦闷不堪，这对我来说是可喜的事情。我之所以意识到这一点，多亏了人们对我表现出的善意和信赖。我反躬自问这是为什么。与此同时，我得以从黑暗处逃出，来到比以前更加自由坦诚的场所。

我在高一、高二时，非常厌恶高中的寄宿生活。因为这里与初中五年的宿舍生活情状不同。而且，我特别在意自己幼年时代留下的精神疾患，难以容忍自我怜悯和自我厌恶的念头。于是，我去了伊豆。

我此前只知旅愁和大阪平原的乡村，而伊豆的田园风光使我的心情得到了舒缓。而且，我遇见了舞女，看到了具有乡野气息的坦诚善意，与所谓巡演艺人根性之类毫无相似之处。舞女说："你是个好人。"而舞女哥嫂予以肯定的一句话，清爽地怦然落在我的心中。我心想，是好人吧？对呀，是好人。我自问自答。凡俗意义上所讲的"好人"，对我来说就是光明。从汤野到下田，我也自认是个"好人"旅伴，并对此深感欣慰。在下田旅馆的窗台前和汽船里，我流出了快慰的泪水，就为舞女说我是"好人"带来的满足感，以及对我说我是"好人"的舞女产生的好感。如今忆起仿佛梦幻，稚气未脱。

　　我在进入高中的初期也是这样。对于这样的我来说，与清野少年共同生活的一年时间是一种救赎，是我精神成长过程中的一种救赎。

　　清野来信中反复提到，在嵯峨深山里见面时也说过，一生不忘我的恩情。我坦率地接受了他的谢意，觉得自己完全不必谦让。因为我对他的心情了然于胸。

　　我后来开始对高中宿舍有了好感，但关于初中的宿舍我想向家长们提出忠告，不管有什么情况，都千万别把子弟送去。作为初中生的我因祖父去世而无法维持一座房宅，在亲戚家寄居半年之后，在四年级那年春季住进了学校的宿舍。在我升入五年级的春季，作为室友初来学生宿舍的清野是二年级学生。他当时十六岁，因为生病而延迟。

我顿时瞪大双眼不可思议地望着他，居然会有这样的人。我生来头一次见到这样的人。而且，我的惊讶并非毫无道理，他确实可以说是世上无双。拿他与我自身相比，想象他背后有欢乐家庭的温暖和贤德亲人的爱，我不禁顾影自怜。危及生命的重患使他卧病在床一年多，这洗净了他的过去，将他再生为新的婴儿。我想，他那稚嫩纯真就是从此而来的吧。即便如此，仍令我感到不可思议。

而且，对比使我产生了自我厌恶，却仍对其不可思议地心醉神迷，目瞪口呆地注视着他。此时的我，极为自然地露出发自心底的微笑。后来他渐渐地缠身、委身于我。我的一言一行、心中暗想全都毫无抵触、率直地流入他的心中。我在事后不曾反省自己的所言所行、心中暗想，不曾觉得自己厚颜无耻，更不曾看到他的抵触或冷脸。他只是全盘接受，仰望我的目光中无一丝阴霾。从他的心灵窗口中映出的我同样无一丝阴霾。我体验到有生以来初尝的安心感。消极地说，从他的反应中，我并未感受到我因个人境遇产生的自我厌恶，所以不必固执地将自己蜷缩在狭隘的空间。积极地讲，他对我的一切予以肯定，使我感到了自由，我可以为所欲为，尽情地放纵自我。于是理所当然，我在他面前将自己染色变身为理想中的人。

我由此开始明确地意识到，在个人境遇所背负的阴影中，有我的感伤及夸张般的感伤。而且，他为我逃离我所在的泥潭点亮了明灯。我应该把报恩这句话奉还给他。

说起幼童的心和纯真少女的心，他的心与其相似却并非真实。他离开我后成为迷途的羔羊，也许这和女人与赖以生存的男人分手后的心理失调近似，但这也并非真实。我在想到受其有益影响的同时，也想到他这一心情的可贵，还想到自己从其中体悟到了安稳度日的方法。如果我不在，他该怎么办？他会怎么样？他所说的"报恩"，在离开我加入大本教的同时，也便失去了方向，他一度决心退学。或许因这一小小的原因，他因此增强了对大本教的信心。

接下来是"我觉察到清野似乎在信仰我所不知的神灵是在我上初中五年级的四月"，还记述了清野为发烧卧床的我祷念"哩哩嘎嘎、哩哩嘎嘎"。前文已有这部分的摘抄。

此后又是我随心所欲的感想。

我执迷于自己现在的境遇、幼时缺失双亲造成的孤独以及凡事不靠人的自我中心和自我崇拜。

我幼年时代由一位农家阿婆照料。去年元月，我去探望老病缠身的阿婆。当我告辞时，阿婆拖着病身爬到快要垮塌的边廊沿上，跪坐着合掌，而后老泪纵横。阿婆拜别我离去的背影，她的意念我心领神会。这时，我的心中澄澈明净，并以清晰的目光注视着自己的前途。

我的原室友清野少年皈依我了。遇见对自己的皈依，我以最强烈的净化提纯自身，立志于新的奋进。我是在皈依中初次得到舒适安眠的吗？如果不在皈依的镜中凝视自己的身影，我的精神就会蒙上阴翳吗？

当精神开始蒙上阴翳时，最好以孤独处之。不妨来到汤岛的溪流边，过十天沉默不语的日子。

无论过去还是现在，人们对我都极为热心，并善意相待。我绝不相信世间会有恶人，也不认为自己会遭到恶意相向。我如此确信，心平气和。

我不曾对人心怀真正的恶意，也不曾心怀真正的憎恶和怨恨，不曾想过与人竞争，不曾想过嫉妒别人，也许连反对别人都不曾有过。

我对所有人各自的行动方向和立场予以肯定，另一方面，我也是在否定之中予以肯定。

在此之后，"听到长廊那端传来麻底拖鞋的响声，我会想到莫非是你"，写的是从清野来信到因脚病初次去汤岛温泉时的情况。

十五

以上大致是我关于清野少年所写旧稿的全部。

不过，当我顺手翻找装有旧书信的束口袋和行李箱时，又发现了二十二封清野写给我的信。另外，还保存着与清野同为我室友的小泉和杉山的信，以及我和其他同学的几封信。

清野的文笔比我那时的日记和书信还差，因并未充分表达他的心情，所以不足以摘抄于此。不过，其中也有一些部分可以佐证我对少年的记述，以及想要附加的部分和纠正我自以为是、骄傲自大的部分，所以在此摘抄少许为宜。

在这二十二封信中，最早的日期是"大正六年四月四日中午"，我的收信地址是浅草藏前表兄的家。我在初中毕业典礼后的第三天，为准备应考来到东京。当时，初中毕业在三月底，高中的入学考试在七月。

我进京后立即向清野发出通知，他在四月四日写了回信。

摘自清野大正六年四月四日的来信。

……虽说东京很大，可你朋友少，想必很孤单吧。不过，以后还会交到很多朋友，希望你努力学习。这是我对你发自内心的希望。

与你分别之后，想到从此不得不独自前行，我就感到六神无主。可是，我不能永远地依靠你。我真希望继续和你在一起，哪怕再依靠你一年。但你今后将成为杰出人物，就算我希望永远和你在一起，时代也不会允许。尽管现在有了新室长，可我依然深深地怀念旧室长。这样一来我更感到寂寞，最近还常常做梦，梦见我把你的书掉进火里，然后哭了起来……

……我也要尽力写信安慰你，让你不再悲愁、不再寂寞。你的心受伤时，就让我从心底温暖你吧！我绝不会、绝不会忘记旧恩。我不会为宿舍里上下级有别而苦恼。我打算到了三年级要更加用功地学习。但是，我意志薄弱，容易受到周围的诱惑……

第二封是四月八日的信，上面写着"八日上午十一点"。

清野回到了宿舍。看样子新学年住宿生的寝室已分配，这封信中写着从一号寝室到十号寝室的名单。清野在八号寝室。

在作为"一高"的作文提交的信中，我写了"但是，据说在我离开之后，北见被指定为室长，你和菊川、浅田在同一间寝室。在我还没离开时，菊川和浅田就作为全宿舍的美少年受到高年级学生的关注"，这就是指八号寝室。

摘自清野大正六年五月二十一日的来信。

久疏问候，请勿见怪。不过，你独自一人很寂寞吧。独自一人确实很寂寞吧。我真心同情你……我一心只想着你，无法抑止。无论发生多么痛苦的事情，我都会在暗中抚慰你的心灵。请你一定要坚强。我一定、一定会在暗中为你祈祷，请放心……

……前天举行了十英里赛跑呢！我在别人的帮助下，好不容易到达学校。脚都抽筋了，难受得要死。昨天我原本还想去鸣尾参加网球赛，但到大阪突然累瘫了，还好有亲戚照顾。我好像又是心脏病发作了。

这封信寄至浅草西鸟越的出租房。

摘自清野大正六年七月二十九日的来信。

……你参加入学考试相当累吧。如果上不了，就再努力奋斗一年……

……我第一学期拼命地努力学习，可考试成绩却意外地急剧下降，于是打算第二学期更加刻苦用功……我在学校担心家里，可回家一看什么事也没有，于是放宽了心。我强烈地感到自己渐渐变成真诚的人了。

我真的不认为你能当小说家，而认定你是加入我等之道的人物。你可能觉得"我等之道"这个说法很奇怪，但随着岁月流逝你自然会明白。

我现在还没决定毕业后怎么办，不过，只要诚心诚意地度过每一天，就能在自己的道路上前行。我已准备好尝尽辛酸、历经苦难，这样终究会走上自己选择的道路。

以前我们在寝室被窝里做过各种有趣的问答吧。但是，如果没有神灵，我就无法立身。你也许现在还不太明白，但不久就会明白的。

　　我觉得不读宗教书籍也无妨，但只要读就应当身体力行。说到哲学，浅尝辄止无用，为哲学所困去死也是白搭。仅靠读书绝对找不到哲学，而必须行动起来。外部的输入会流失，而内心悟道则绝无流失之虞。

　　暂先到此。请来我这里玩。我等你。

　　清野在暑假回到嵯峨的家里，我在入学考试后回到淀川北的舅父家里。这就是那时的来信。

　　可能是因为清野就在父亲身旁，所以言辞很自信、很坚决。

摘自清野大正六年十月十三日的来信。

　　……今天，我作为二年级对三年级比赛的棒球选手，以较弱的二年级为对手进行了比赛。最终三年级获胜，真是可喜可贺。今门教练将前室长的来信转交给了我，真是喜上加喜。

　　……因为很久没有问候，所以今天我要把心中所想全部告诉你。不过，请你藏在自己心中，不要告诉别人。宿舍也已到了衰败的时刻。高年级学生中没有一个人是善良的，他们不怀好意地蔑视三年级学生、二年级学生、一年级学生，通过强行压制而使其不能安安稳稳地学习功课。在周六和周日他们也要连着搞棒球训练等，还逼迫不擅体育的同学参加。我星期天画地图的目标落了空。他们听说菊川君老实，就全都欺负他，我看着实在可怜。

另外，铺榻榻米的房间成了吸烟室，天天烟雾弥漫。午饭后也有人在厕所里抽烟。他们面对一年级学生时还稍稍遮掩，可在三年级学生和二年级学生的面前就变得明目张胆。他们已经把品行都丢掉不顾了吗？我们三年级学生深感悲哀。五年级学生的全部和四年级学生的三个人已无法对付。处于高年级和低年级之间的三年级学生最受夹板气。十日那天，好学生和坏学生分成两派，在猪圈前上演了激烈的争斗。为了不让一、二年级的学生看到，他们在隐蔽的场所进行。我和小泉正好从窗户里偷看到了。起因是坏学生过度压制低年级学生，好学生要求对方停止这样做。

我不由得开始怀念去年，真的非常思恋去年毕业的人们。

这封信的收信人地址是本乡弥生町"一高"西宿舍十三号。

另外，同封还有一张清野的小相片。他穿着白浴衣和裙裤，制服帽上也盖着夏季的白布，坐在藤椅上，面部不清晰。

摘自清野大正七年二月十九日的来信。

一月也仿佛梦幻般过去了。再过不久就会迎来温暖的春天……

……前些天，二月三号，在堺市举行了大阪联合武术大会。我等虽不擅长，却也按照老师的指令作为选手出场了。虽然很快像小猫一样被扒拉摔倒，两分都丢了，但我毫无遗憾，因为让我上场明摆着必输无疑。在前不久本校的武术大会上，我被上宫中学的滨村扭住打成了平手。也就是说，三局比赛丢了一分。不过，我对此也不感到遗憾，有种奇怪的感觉。

今天又是星期六，五、四、三年级的学生在演习。北风嗖嗖，我都快要哭了。下个星期六还有演习，脸色苍白地跟着去实在痛苦。

我们分别都快一年了，时间过得真快。宿舍人数也在逐渐增多，同时也开始衰败。因为人这个东西总是不压制别人就过不下去，看着实在可悲。

不过，据说人心过五六年就会有大的改变，很想早些帮帮那些人。

你如今在东京求学，可英、德、美等国要来进攻东京湾了，到时候那座高高的富士山也会爆发。我现在把这些提前告诉你，你要在富士山爆发之前回到大阪来。

……不揣冒昧，天皇陛下也要驾临京都绫部市的大本。比起其他地方，这里是日本的正中央。

清野在这封信中第一次写了类似大本教预言的内容。

摘自清野大正七年三月二十六日的来信。

　　……我无论何时见到小泉，都会讲起前室长的事情。啊，室长，我迫不及待地希望再次见到你。我和小泉常常谈起宫本学长的长相就会笑起来，说你眼睛很圆。我们非常怀念你，希望能得到你的相片。前些天在书箱下面发现了冬训的照片，看着前室长练习剑道的身影，我们回忆起了过去的事情。当时的宫本学长浮现在眼前，宽宽的脑门浮现在眼前。小泉君回忆起前室长，也会常常对我说，如果那时和宫本学长一起拍张照片就好了……

　　……另外，宫本学长，你说以前写过三十一页稿纸的文章，请寄给我，让我读一下。拜托。请你多写些文章寄来……分别后已经快一年了，你在东京很寂寞吧……我也四年级了。室长，追怀我二年级的时光，不由得感到羞惭万分。自己当了室长，实在奇怪可笑。

　　哦，另外，我一直苦思冥想休学之事，不久就将付诸实施。

　　我还有五十五分钟写这封信。炉子里煤火正旺。我一直把脚搭在炉子上写信，腰都酸了，先起来活动一下再接着写。

　　我也渐渐成长起来，可心智还像小孩儿。我希望尽快变得像个大人。

我说的苦思冥想乃指自己今后的方向。在这两三个月间，我就开始思考这个问题了。而且，自己现在开始思考这个问题，就是某种因果造化吧。我无论怎样思考，都会强烈地意识到自己乃携天命生于此世。所以关于今后的发展方向，以我这种幼稚少年实难成为杰出人物引领社会。现在开始，我无论如何都要做到在行动与精神上保持一致，希望为即将到来的人心重建大干一场。我能预见这种重建也是因果造化。世人往往怀疑，怎么可能做到先知先觉呢？能做到，能做到。我在心正神静的统一状态下，自然而然能够做到。

世人往往疑惑满腹、欲壑难平、私心杂念太多，因此心镜总会被蒙上阴翳。所以，预见就会受阻。当心镜清辉闪耀时，就能映出世界的所有事态。我想写的东西堆积如山，根本写不完。如果你想了解详细情况，就去东京本乡四丁目的有明馆买《神灵界》吧。在二月号中载有关于我家的报道。此书虽然看上去并不起眼，但里面的话语不可多得，只需一日元二十钱……

……此次宿舍骚动详情未知，以前就因各种缘故分成两派，现终于破裂……

摘自清野大正七年五月二十九日的来信。

……很长时间没写信问候，敬请息怒。

我由于各种情况，甚至说出想要退学，手忙脚乱不由得失去了写信的时机。请多多谅解。此外，没能拜读前室长的来信，实在令我遗憾不已。足足写了三十一页，三十一页哪，却劳而无功。长信化为泡影，委实可惜……敬请原谅。敬请宽恕。我绝不会忘记。我常和小泉君说起当时的情况，还说不好意思见室长，赶紧溜吧。若不感恩图报就难以为人，我绝不会忘记。至死不会忘记。

宫本学长说我是你唯一的伙伴，我感到万分高兴。我今后要经常写信，虽然此次相隔遥远，以后还可以相亲相近。请你六月来，你六月来吧！你如今变成什么样子了，我实在想象不出来。那个时候，你回我们五号寝室时咚咚地快步登上楼梯，有一只脚稍稍加力，那脚步声依然留在我的耳畔。自己也常常模仿，非常开心。

另外，听说舅父大人去世了，想必你很悲伤。我也想起了自己祖母去世时的情景，不禁流出了眼泪……

我常在报纸上看到，今春举行了"一高"与"三高"的棒球比赛。我想起宫本学长曾经说过进高中后要当棒球选手，可是，我看报纸上没有你的名字。这也是因为舅父大人去世吧……

我也已经四年级了，看样子以后不能松松垮垮了。我也当了四号寝室的室长。我这个室长笨头笨脑，实在不行。

我说我想变得像大人一样，宫本学长却说太可怕，我不明白为什么，我那是自然表露，但是，我很难变成大人。怎样才能丢掉孩子气的心理呢？这是因为我从小只有兄弟而没有其他朋友吗？我要跪拜在宫本学长面前呢。

另外，我要信仰的绝不是宗教，而是教诲。

宫本学长落榜是不可能发生的事情。就算发生了，也不会是真正的落榜。室长学习功课还留着九分余力呢！仅用一分之力就能把专业全部拿下，另外九分之力是留给写小说的嘛。不过，请一定金榜题名。就算落了榜，我也不会小看宫本学长。天下的秀才中有拼命用功的人和不用功的人，如果不用功的人拼命用功的话，就能拿第一名。说到文学，那可是天才做的工作……

清野此后写了新学年的寝室分配，还有四年级和五年级剑道比赛的经过。据说，他作为四年级的大将击倒五年级的大将、副将和另一人，共三人，只身获得比赛胜利。清野少年未必是女孩气的柔弱少年。

另外所谓的三十一页长信，是指我作为"一高"的作文提交的书信文章。那封信从第二十页起的六页半还留在我手边，是以前摘抄的部分。看到清野这封信，才知共有三十一页。但是，我的长信没有交到清野手中吗？说不定是被宿管没收了吧。

另有一张应该是同期的明信片，邮戳日期已分辨不清，但其中写有"虽然发生了那件事，但父亲为我东奔西走，我又开始上学了。我已说好在毕业前不会再退学了。承蒙操心费神，十分感谢"。

　　所以，这也许是五月二十九日来信之前的信件。

　　我已想不起"那件事"指的是什么。应该有过一封清野告知我"那件事"的来信，难道是弄丢了吗？但是，在清野的下一封信中也能隐约看出端倪。

摘自清野大正七年十月八日的来信。

　　感谢你的来信。我此前寄去的信拐弯抹角，看不太明白吧？因为我不能得心应手地准确表述。从七月开始没有接到你的来信，虽然我毫不介意，但因为你身体虚弱，所以我担心你生病。以前你那么疼爱我，我从内心深处感谢你。

　　对于这次的事情，你表示为我感到高兴，喜极而泣，我真是不胜感激。我深知那时室长曾怎样呵护我，我从心底感到万分欣喜。

　　我知道这次诽谤我的人是谁，但我什么都不会说，而且也不会怨恨。我心中没有留下丝毫怨恨，就像凉爽的风一般。宿管也说我不是那样的人，所以我深感欣慰。但是，我觉得诽谤者的心简直太可怕了，使我不寒而栗。

另外，在二年级时，那天晚上大口学长闯进了我们寝室。当时我还不明白是怎么回事，现在听大家谈论才知道，真是匪夷所思。另外，如果我把大口学长闯入的事告诉宿管的话，宿管应该会对他做出退舍处分。我已经不去别的寝室了，只有土居来我们寝室玩。如果我去其他寝室，恐怕又要受到宿管的训斥。我只上过两次二楼。我对宿舍也已厌烦透顶。简直太可怕了嘛。

升到高年级后，可怕的事情太多了。其他高年级学生经常出去玩却无人指责，而恶魔之手却只抓我，令我不禁毛骨悚然。不过，因为神灵与我同在，我总会在被抓之前获救。我被指令本月内住在宿舍里，所以你要多多给我写信。能让我心情愉快的只有室长的来信。我真想再次见到室长，把心里话全都说出来。我说要在十月离开宿舍，却被指令继续住到十月底。我还会住一段时间，请你给我写信。虽然你可能很忙，但我会等。再见。

四年级的清野因为去低年级美少年的寝室玩而遭到诽谤了吗？

清野说大口那天晚上闯入的事"现在才明白"，他对我俩的事毫不介意吗？

摘自清野大正七年十二月二日的来信。

……你在"一高"的第一学期快结束了吧？你身体还好吗？我身体好极了，请放心。宫本学长的第一学期从什么时候开始放假？圣诞节也快到了。这且不说，前几天，我的书信盒里出现了你去年寄来的圣诞卡，上面印有可爱的小洋娃娃。我看了一阵，心里非常高兴。另外，还有宫本学长的十五六封来信。虽说书信越积越多是个好事，但也让人感到岁月如梭。

宿舍里又死了一个人，名叫鸠村。看到他的遗容，我忍不住泪如雨下。而且他的遗容总在我的眼前浮现，夜里上厕所都胆战心惊，叫我实在为难。近来宿舍太平无事，可我自己寂寞难耐。这个室长我已经当够了。我真想再当一次二年级学生。现在净是些烦心事，令人头疼。

另外，请宫本学长寄一张照片过来。我最近对收集照片非常感兴趣，还在制作影集。

我最近与小泉绝交了，连一句话都不说。杉山因感冒和脚气已睡下。想写的事情很多，下次再说吧！铃声再次响起，我该练习打坐了。

十六

摘自清野大正八年一月十五日的来信。

谢谢你的来信。我就像干渴的小草般萎靡不振，即将枯死。而今天的感觉仿佛久旱逢甘霖。我也想在寒假给你写信，可回家时把地址簿忘在了宿舍，根本不记得你亲戚家的地址了。如果宫本学长还在东京就能寄去，要是不在也会贴着浮签退回。于是，我只向高等学校那边寄发了贺年卡。宫本学长若回西成郡，希望来中学一趟。想到这些，心里就不免有些怨气……

我不得不在令人生厌的宿舍里度过每一天，请你多多体谅。我怎么这样没出息呢？我没朋友……没有乐趣，只能常常回忆往事……只要去学校就能见到很多朋友，我期待上学。回宿舍令人不愉快。自从升到四年级，我吃的苦头比别人更多。我在宿舍里待不下去，又很难去到外面。

宫本学长，最近学校在冬训，我每天都积极参加。从早上五点钟到六点钟。然后，明天去抓兔子。能抓到兔子吗？

另外，小泉退舍后好像变得不太正常了。他是不是迷上歪门邪道了？他每天从泽田老师的家走读上学。

现在借着烛光写信。十点五十五分。宫本学长已经睡了吧。

摘自清野大正八年七月二日的来信。

……你曾说二十七日坐火车经过这里吧？如果在之

前，你给我寄张明信片，我就去车站。可是不知怎么，心里总有怨气。你我分别之后已经三年了，其间的变化令人惊讶。寝室逐渐被拆掉，要改成教室了，宿舍也挪了地方。这里已和过去不同，变得荒凉不堪了。宫本学长，想必你已行过成人礼了吧？我很想见见你。根据你寄来的明信片，好像是在鲶江那边。如果可以，我想去拜访一下。毕竟很长时间没见了，我觉得很不好意思。

我现在卧病在床，头疼，虽然发烧不到三十八摄氏度。有室友热心照顾我，已经好多了……

这封信的收信地址是大阪府东成郡鲶江町蒲生，我的姨父家。我在放暑假时回到了那里。

摘自清野大正八年七月二十四日的来信。

我终于从午睡中醒来。从神社杉树间吹来的风仿佛在抚慰我被汗打湿的身体。好风知人意。我想，曾几何时在汉文课上学的雄风就是这样吗？溪流潺潺，忽远忽近，我仿佛已进入无我境界，真是妙不可言。这也算是夏季吗？为接受瀑布洗礼而上山的人也是汗流浃背，可来到这里稍稍驻足就感到进了仙境。这是多么愉快的事情……

你最近过得怎么样？依然每天勤奋钻研文学吗？或

是去哪里旅行了吗？我从十九日回到老家之后，每天或在瀑布下沐浴，或去顶礼膜拜神灵，或者睡觉，或者读书，随心所欲地做各种事情。你来这里玩吧！从我原来的家向山里走六公里左右就能到达。

在放暑假前，平田来学校了。另外，十八日大口也来了。他们对宿舍发生的剧变感到惊讶。别人都能来，就宫本学长不能来，所以我心里总有怨气。如果假期来不了，那就九月一定要来。我也想去，但觉得一个人去没劲就作罢了。请你一定要来一趟。

摘自清野大正八年八月二十九日的来信。

最近一直不下雨，所以热得够呛……你的假期到什么时候结束呢？这次开学就升三年级了吧？都说时光如梭，确实令人惊叹不已。我在初中浪荡了五年，你都要上高中三年级了。我不由得目瞪口呆。这个假期，你大概也要埋头钻研文学吧？我也想从第二学期开始努力月功学习。在第一学期，我稍稍读了一些小说，觉得还有很多不明白的地方。我现在开始羡慕宫本学长行李箱中堆积如山的小说了。当时有更漂亮的书，现在这种小说没多大意思。立川文库倒是挺好，不过现在的立川文库总是千篇一律，我已厌倦。我在二年级时曾想，要是把那些书全都摆在书架上一定很美。即使现在我也觉得那些书很美。我觉得宫本学长那本红色的《死亡的胜利》很美，所以现在依然感觉历历在目。

今天，有六名大本教的人来听父亲讲道。我还是有些害羞，就没敢露面，而是在二楼写信……九月你一定要来。别的室长能来，我的室长是怎么回事呢？九月你一定要来。

摘自清野大正八年十一月五日的来信。

天气渐渐变冷，宿舍的人都希望赶紧烧上火盆。我比常人更容易冻手冻脚，所以也是其中一个想烤火盆的。今晚又刮大风，窗玻璃"咣当咣当"直响。这风是从哪儿来的？是从东京来的吗？前室长宫本学长、同窗平田和大口都在东京。宫本学长也像我现在这样感到寒冷吗？说不定，宫本学长正坐在火盆前，不，正坐在暖炉前聚精会神地读小说吧。明天有英语考试，脑袋里总想这些事，一点也学不进去，不由得心生悲哀之情。或许是秋夜的缘故，我真想停止学习，独自感伤悲秋。我虽然穿上外套在校园中漫步，但哀愁丝毫不会消失。大家都在学习。我也想那样，全神贯注地用功学习。虽然觉得自己不配悲秋，但哀愁之情依然越来越深。在我的心里，故乡和东京杂然交织。而且，尽管不得不毕业，可我又不愿意毕业，就想永远待在宿舍里，再待两年。我不想走进粗野残酷的社会。我现在还想自己是二年级，想有宫本学长这样的室长，想专心致志地学习。可是，光阴似箭，时不我待，我的体格也渐渐成长壮大。很多人都急着想快些毕业，没有谁会同情我。

现在刚好是第三节自习课。晚上三小时自习时间发生的事情，你还能清楚地记得吧？……

宿舍里大家全都整齐划一，做得很好，没有一丝一毫的混乱。我感到无比高兴。如果再发生去年和前年那样的事，我简直都不想在宿舍里住下去了。

菊花绚烂绽放，有很多硕大的花朵，令人赏心悦目。我搬进寝室五盆菊花，天天满怀欣喜地给它们浇水。

十七

摘自清野大正九年三月十五日的来信。

可悲的我福薄命浅，敬请宽宥，但是，我希望宫本学长做我的朋友、唯一的朋友。请让我永远做你的好朋友。我要与平田和其他很多人绝交。但是，如果宫本学长和平田的心态相同会怎样呢？我给平田也写了信，却没有任何回音。果然，除了相信我的室长，再没别人把我当朋友。请你把福薄命浅的我永远当朋友吧。把我当成你的兄弟吧。在我至今遇到的朋友中，没有一个人真心诚意地待我。我只能倚靠室长一个人。啊，只把宫本学长一人当作真正的朋友。我只信赖一个朋友。我已经彻底死心，这个世上的人全都不诚实。无论如何，我只拥有一个朋友，并以这位朋友为支柱生存下去。请你怜悯福薄命浅的我吧！

我已顺利毕业，去路尚未确定。待确定之后再告知你。

这封信没写清野的地址。我的地址写的是"一高"和式宿舍十号。

摘自清野大正九年四月八日的来信。

……三月八日离开宿舍后，天天郁闷不堪，但在彼岸樱花开放时节的春暖中，我的心情焕然一新、完全复苏，喜悦之情如泉水般从心底里涌出。瀑布轰鸣、春风习习，一切都令人心旷神怡。这种愉悦感远胜过我之前体验过的。我以前的快乐就是冲洗胶卷，抑或呆呆地望着窗外的风景，但是，我现在完全转变了兴趣，纯心憧憬瀑布的轰鸣，恋慕阵阵松涛，耽思于神谕，真是快乐无比。而且，在这样的天地之间，怎么可能天天过着厌世的生活呢？吾身乃父母祖先所赐，为何不快快乐乐地生活呢？我大彻大悟了，大彻大悟了。我感到一切都令我快乐，一切都在欢迎我。啊，我以前总在为与人接触而苦闷不堪，如今接触了宏伟的大自然后醒悟了，人的一生只要能做到安心立命，即可别无他求。如今我既无任何欲望，亦无烦恼，只要顺势而行、随波逐流，委身于大自然，就不会产生任何奢望。

在兽类的世间，没有一个人，没有一个真心诚意的人。

物质文明越发达，人心就越接近兽类。我希望接近以诚为本的日本魂，即高尚的人魂，我还希望与世人一同成为不被兽类支配的人。此外别无他求。

宫本学长，厌世的我心中有了这样的愿望。请你为我感到高兴吧。

岚山的樱花已竞相怒放，我虽然就住在附近，却一次也没去看过。我随波逐流地吹着笛子……

梦之歌

昨夜几度温旧梦

击碎虚空于天穹

日月双手高高擎

我心一寸窥宇宙

大千世界处处巡

一颗地球映眼中

东方西方南北方

大大交错分百国

战乱争斗永无终

日本见状说不行

伸指轻轻把头摁

五洲四海皆平息

终究握在我手中

五六七神政万岁

　　写得太长了。就此告辞。如有照片请寄给我一张。

　　这封信中清野的住址是上嵯峨的神社。另外，还有此后第三年的一封来信。

　　摘自清野大正十一年十月二十四日的来信。

　　得知你身体康健，我非常高兴。从那以后久疏问候，真是深感歉疚。

　　我离开军队之后仍在瀑布那里居住，继续侍奉神灵。对神灵，除自行参悟别无捷径。我也是初次在实地获知饱含神灵之心的深厚慈爱。若无神灵，则吾身不可生存。不知为何，官币大社的神官今天也来信唤我。我考虑去一趟。对方邀我，机会难得。我想作为毕生侍奉神灵之人，发挥自己的天分。

　　我不禁深切地感到，自己就是被神灵赐予伟大使命之人。我觉得以后能有机会见到你。到那时，我们两人会变成什么样呢？

你目前仍在执笔写作吗？有什么作品投到杂志社了吗？请详细告知。听说小泉君进京了，这可是件大好事。如果你们会面，我也想去见你们……长期不知你的住址，我感到非常遗憾。

与神同在之人必定幸福快乐。

这封信的收信人地址是本乡千驮木町的素人寄宿。

我在大正九年高中毕业。清野最后来信的大正十一年我二十四岁，即写作《汤岛的回忆》的那一年。我去上嵯峨走访清野是在两年前，即二十二岁的夏季。我在二十三岁那年春季，出版了同人杂志《新思潮》。在那一年，我想和十五岁的少女结婚。

看样子，清野在初中毕业后去了军队一年。清野在最后的来信中写到"我觉得以后能有机会见到你。到那时，我们两人会变成什么样呢？"，而我去嵯峨深山走访过清野，至今已是三十年没见面了，但是，我一直对他怀有感谢之情。

因为我现在撰写了这篇《少年》，所以就把《汤岛的回忆》、旧日记和清野的旧书信都烧掉了。

（侯为 译）

十六岁的日记

五月四日

从中学回到家约莫五点半。为避访客，大门紧闭。家中唯祖父一人卧病，无法待客。（祖父患白内障，彼时已失明。）①

"我回来了。"

我喊了一声，无人回答，屋内静悄悄的。我徒增悲寂之感。走到祖父枕边不足二米处，又说：

"我回来了。"

靠至一米开外，又喊了一声：

"我回来啦！"

再在祖父耳边五寸处：

"我已经回来了啊。"

"哦，是吗？早起忘了让你扶我尿尿，只好拼命忍着。一直朝西躺着不能翻身，干哼哼。我是朝西躺着吧？嗨！来吧……"

---

①本篇中括号中的内容为作者二十七岁时所加的说明。下同。

"用把力，身子往上提……"

"啊，这样好了，盖上被子吧。"

"还没熨帖，再来一下。"

"哎呀（后七个字不清晰）……"

"哎，还不舒服，再挪一下吧。来……"

"啊，舒服了。翻得好。水开了吗？还得扶我去撒尿。"

"嗨，等一下。哪能一下子顾上……"

"嗯。知道啊。我得先说啊……"

过了一会儿，祖父又说：

"啊呀，丰正孙子，我憋不住了……"

祖父有气无力，像是死人嘴里发出的声音。

"快点，我要撒尿，帮我去撒尿吧……"

祖父在床上一动不动，就这样呻吟着。我有点儿不知所措。

"咋办呀？"

"去拿尿壶来，把这个塞进去。"

没法子，我只好掀起他的衣服，老大不情愿地照办。

"进去了吗？好了吗？快啊。不碍事的。"

难道祖父自己的身体自己都没有感觉？

"啊，啊，疼，疼呀！疼呀！啊，啊啊——！"

祖父喊着，小便疼痛窒息，同时，尿壶底部传来山谷清溪的水声。

"啊，疼死我了！"

凄惨的声音不堪入耳，我眼泪盈眶。

水开了，让祖父喝茶。喝的是粗茶。我服侍祖父慢慢地
饮用。祖父的脸瘦骨嶙峋，只剩几缕白发的头大抵秃了。哆
哆嗦嗦的手皮包骨头。"咕嘟咕嘟"，细长脖上的喉结一饮一
动。饮茶三杯。

"啊，好喝，好喝啊！"他咂着嘴，"靠它补元气呢。你给
我买的是好茶，可是听说喝多了有害呢。还是粗茶好。"

稍隔片刻，祖父又说：

"津之江（祖父妹妹的村子）的明信片寄出了吗？"

"嗯，今早寄了。"

"啊，是吗？"

唉，祖父莫非已意识到了什么？一种预感。（祖父让我给
他很少通信的妹妹发明信片，请她来一趟。我感到恐惧，难
道祖父已预感到自己的死期？）我凝视着祖父苍白的脸，直到
自己的眼前一片朦胧。

我在看书，似有来人。

"美代吗？"

"唉。"

"怎么了？"

心中突然感觉到巨大的不安，我从桌边转过身来。（当时
我的客厅放了一张大桌子。美代是五十岁上下的农妇，每天
一早一晚从自己家里来帮我烧菜煮饭做些杂事。）

"今天去见了，说七十五岁高龄，一直卧床已有三十天，

吃饭还可以，大便却不通畅。我说前来讨教。对方说是年龄大了，但不会有突发状况。算是老年病吧。"

两人长长叹了口气，美代继续说道：

"我告诉他吃得下、便不出，像是被腹中的怪兽吃了；又说比过去进食快得多，吃得快、吞咽快；还说怪兽好酒。我问怎么办。他说让病人讨取妙见菩萨的画卷，用线香熏屋。他还说虽有怪兽附体，但只要调整好时间就不会有什么大碍。话说回来，原来连一片干松鱼都咽不下，近来却寿司啦、饭团啦什么的一口吞下。每吃一口，喉结就动一下还发出咕咚咕咚的声音，真是瘆人啊。狐仙降为巫女那会儿，一出现，喉结也有咕咚咕咚地下咽状。再说上次喝了不少酒。今天算的卦不知准不准。"

"怎么说呢……"

我没有勇气当面断言这是迷信，我受到一种说不出的不安的侵袭，全然不知所措。

"回来后，我说（去）五日市（村名）看了大夫，他就问，（他没说我会死吗？）我告诉他大夫说了，不会有突发急病，只是上了年纪的老年病。那也是灾祸呀。说到大便三十日不顺，大夫建议带他去诊治一下。"

"还有，我回来就点了线香。他竟说咱家的先人气正，不会有那种（怪兽）平白无故来害人。要茶要饭，说话便是。让它滚吧，快滚！我是想顺理成章地驱邪。明天戌亥①时辰要

①戌亥：戌时，也就是晚上的7点到9点，亥时就是晚上的9点到11点。

在屋子的角落里供上茶饭，还说要拿出一柄仓刀，磨快刀刃藏于卧室。明天再去狐仙处求个签。"

"真是不可思议，真的吗？"

"嗨，信就灵吧……"

祖父的枕边。

"爷爷，小野原（村名）一个叫狩野的来信，你借过他的钱吗？"

"啊？借过……"

"什么时候？"

"七八年前。"

"是吗？"

又是意外欠债。（祖父四处借钱，当时统统算在了我头上。）

"这怎么还得了啊？"美代说。（我找美代商量过还钱的事。）

晚饭时，祖父吃的是紫菜卷寿司。啊，我的天！那不是怪兽在吃吗？你瞧，他的喉结在动。食物是从人的嘴中进入的。真是岂有此理?！可深深镌入我脑子里的是"怪兽吃了"这句话。我从仓库里取出一把利刀，先在寝床的上方挥舞，又将它插在了棉被铺下。事后我自己都觉着好笑。而美代却一本正经，她看着我在屋子里砍杀空气，却从一旁鼓劲儿说：

"对，就这样！"

旁人看见，肯定会忍俊不禁，把我当疯子。

不一会儿，天黑了。

"美代，美代！"

夜幕中不时传来颤巍巍的、细弱的呼叫声。我正在读书，不时听见美代服侍祖父的脚步声。又过了一会儿，美代像是回家了。我便去帮祖父饮茶。

"嗯，这样好。好，好！大口喝。嗯，大口喝！"

祖父的喉结在咕咚咕咚响动。这是怪兽在喝吗？笨蛋！荒唐！会有这种怪事么？我已是中学三年级的学生了。

"啊，好喝。好茶！淡泊。太好喝的不行。啊，好喝！——烟呢？"

我将油灯贴近祖父的脸，他的眼睛微睁。

"怎么啦？"他说。

喔，我以为祖父不再睁眼了呢，他却睁开了眼。我很高兴，仿佛一道光明射入了黑暗的世界。（我并没觉得祖父的失明可以治愈。当时祖父一直紧闭着眼。我担心他就这样死去。）

我写了这么多，也想了很多。方才的舞剑让我几度发笑，我像个傻瓜，但是"被腹中的怪兽吃了"这句话深深地镌入了我的身体。此刻约莫九时。脑中如洗。我渐渐产生了明确的意识——哪里有什么"怪兽附体"？

十点十分前后，美代来扶着祖父撒尿。

"想翻身哪。这是朝着哪边呀？哦，对了，东边吧？"

美代说：

"来吧，用点劲儿!"

"嗯……"

"再来一下。"美代又说。

"嗯……"痛苦的声音，"这是朝西了吧？"

"你也休息一下，我也该回去了。没事了吧？"

过了一会儿，美代打道回府。

五月五日

早晨，麻雀开始鸣叫，美代来了。

"是吗？两次？十二点和三点？尿了？你个学生娃，真可怜。你一定觉得是孝敬祖父吧？生了孩子就不在一起。阿菊呢，也是知道生不知道养。"（阿菊是美代的儿媳，当时刚生了第一个孩子。）

孝敬祖父。这话让我感到异常满足。

我去上学。学校是我的乐园。"学校是我的乐园"——这句话最贴切地反映了我当时的家庭状况。

傍晚六时前后，美代又来了。

"嗨，我去过了，还是同样的说法。真奇怪。据说未必是怪兽呢，是'惹祸后邪魔附体'。没有不通事理之人，可吵闹是难以避免的。……而且，又说是老年病。（没有突发状况，只是必然日渐虚弱。）"

日渐虚弱？

这话在心中几度徘徊。

"是吗?"我叹息。

"还有,狐仙的话说中了。(近来好了一些,不再乱喝乱吃。)少爷今天也看到了不是?今天挺老实的呢。"

我却感觉奇怪,狐仙居然能说准病人的状态?我又开始迷惑,莫非是灾祸(邪魔附体)?

用家中仅有的钱买来的线香在枕边烟雾缭绕,煌煌①秋水②横亘在床上。

美代说:

"到夏天更加难办……"

"为什么?"

"农田里活儿忙,我也就没法过来了。看这模样,不知道还有没有机会坐在火盆边……"

啊,在我写完一百页稿纸或在写完之前,祖父的身体,不幸的祖父的身体会变成怎样呢?(我准备了一百页稿纸,打算这样的日记续写百页。我担心在写完百页之前,祖父会死去。而写满了百页,祖父就会得救。我一直怀揣着这种心情。此外,正因为担心祖父会死,我才想着至少用这种日记的形式把他的音容笑貌记录下来。)

病人说话暂时变得清晰。然而,"邪魔附体祸害"究竟是迷信呢,还是并非迷信的真实?

---

①煌煌:闪耀寒光。
②秋水:利刀或利剑。

五月六日

"孙儿上学去了?"祖父问美代。

"不,现在是晚上六点……"

"喔,是嘛。哈哈哈哈……"孤寂的笑声。

晚饭是两条细细的紫菜卷,放到嘴里囫囵吞下。

"吃得太多了吧?"

今天他这样问道。真是破天荒。可我在浴室里听得真切。过了不一会儿,祖父又说:

"时间还早吧?肚子饿。不等孙儿了,吃晚饭吧。"

"不是刚给您吃过了吗?"

"是吗?"

再没听他说什么,又传来一阵笑声。我寂寞地泡在浴池中。

夜里,家里只有挂钟和汽灯的声响。

漆黑一片的里屋,断续传来呻吟声:"难受,难受,啊,难受啊!"仿佛在朝天倾诉。俄顷,声音停了,一片静寂。继而又传来短促、痛苦的声音:

"呜嗯,啊,难受啊!"

我睡着之前,呻吟声断断续续。

听着祖父的呻吟,我心中反刍着那句话。

"没有突发状况,只是必然日渐虚弱。"

祖父的意识略有恢复,少了些反常的言语,无节制进食也得到控制。

然而，身体却在一天天地……

五月七日

"昨夜起夜三次，一次小便，两次是翻身啦、喝茶什么的。爷爷还骂我。（快点扶我起来，叫了半天，累得要断气了。）我睡着都十二点了，好瞌睡……"

早晨，我等美代来，向她倾诉。

"好可怜。要是头疼好了，我会在府上待到十二点。他（泪染一生）说，白天别说两个小时，一个小时没人都不行。"

昨夜睡眼惺忪地被叫起来，病人还莫名其妙地说难听的话，气得我想骂人，可平静下来一想，祖父也是不幸之人。随即，我流下了悲伤的眼泪。

我要去中学的时候，祖父说：

"不知道什么时候才能好啊？"

话语中流露出九分绝望，仅有一分希望。

"气候稳定时，就会好的吧。"

"让你太受累，真对不起。"

他的轻声细语含有乞求怜悯的意味。

"我梦见大神宫的神佛齐聚我家……"

"信仰大神宫神佛是最好的。"

"我听到神佛的声音，这不是值得庆幸的事情吗？神与佛没有抛弃我，真叫人感激不尽。"祖父的声音十分满足。

从学校回来，家门开着，家中一片静寂。

"我回来了。"我说了三遍。

"喔，孙儿啊，待会儿帮我撒尿吧。"

"好的。"

我最讨厌的就是这个活儿。吃完饭，掀开病人的被子，用尿壶接尿。十分钟过去都尿不出来。可见腹部的肌力几近丧失。在等尿的时间，我发点儿牢骚，没了耐心，也是自然流露。随后一个劲儿地跟祖父道歉。而且，看着祖父一天天消瘦下去，看着他那苍白而现出死亡阴影的脸，我更加自责。

不一会儿，又是细弱凄厉的呻吟声。

"啊，好疼，疼啊，呜嗯。"

听者也会心情凝重。随之，听到了淅沥淅沥的清流声。

夜里。我乱翻桌子的抽屉，翻出一本《构宅安危论》。这是祖父口述的笔记。记述者自乐（邻村人，祖父的易学和家居风水学弟子。这就是一本家居风水学的书）。祖父努力想出版，与丰川（大阪的阔佬）也商量过，没有成功。藏在我桌子里的这部草稿已完全被人遗忘。嗨，祖父的一生中无一志向实现，所有的努力都失败了。他心里是何等的感受呢？唉，真难为他在这般逆境中活到了七十五岁。这需要强大的心脏。（我一直认为，祖父之所以能忍受悲伤长寿是因为他的心大。）几位子孙都先赴黄泉，连个说话的人也没有，既看不见又听不到（眼瞎耳背），实乃彻底的孤独。所谓孤独的悲哀就是祖父。他的口头禅——"泪染一生"——正是祖父的真情写照。

（祖父因八卦和家居风水看得准而小有名气，竟有人大老远跑来请他看相，所以祖父才想，若《构宅安危论》出版的话，世上不幸的灾祸就能幸免。当时我对祖父的易学和家居风水将信将疑，记得是一种含糊不清的心情。尽管如此，到底是在乡下，我十六岁便上了中学三年级，祖父便秘三十天不去请医生，却去请狐仙算卦，认为家中有"邪魔附体祸害"。如今想来，真是哭笑不得。

此外祖父结识阔佬丰川起于寺庙。我们村有个尼姑庵，早年多半是我家祖先所建，庙的建筑和山林田地均为我家名义，尼姑也入了我家户籍。该寺是黄檗宗，以虚空藏菩萨为本尊。每年"十三拜"之日热闹异常，近乡满十三岁的孩子集聚于此。可是本村北面四公里处有一个有名的山寺，里面蛰居的圣僧决定移居到尼姑庵。祖父求之不得，便赶走尼姑，放弃了寺庵的财产名义。寺庙改了名，做了规整的增建、改建。兴工修建时，虚空藏和其他五六尊佛像寄存在我家客厅。托佛像的福，没钱铺席而用藤席将就的客厅有了青席①的气息。笃信这新来圣僧建寺且使我家客厅铺上新席的，便是阔佬丰川。）

祖父善良的心地时时有所表现。今天早晨，美代说：

"我预备了生子喜饼三十份，没想到有些人家也来祝贺了，喜饼不够了，得设法凑齐……"

_____

① 青席：新席。

"是吗？三十家还不够吗？这村子不满五十户，你们家那样……竟有那么多人来祝贺啊？"

祖父竟喜极而泣，伴着哭声流下了眼泪。（像美代家这样贫穷的雇农，竟有那么多人家来贺喜，祖父为她高兴。）

美代看我一直服侍祖父可怜，晚上八点回家前问祖父：

"尿过了吗？"

"啊。"

"那我待会儿再来一次。"

"我在家，你来也好……"

我的话讲了一半。

五月八日

早晨，美代一来，祖父就絮絮叨叨抱怨我昨夜生硬的态度。我是有点儿缺乏耐心，但是一晚上被叫起来好几趟，真让人恼火。而且，帮祖父小便真受不了。美代对我说：

"是啊。是受不了。都是怨言，光想着自己，完全不体谅照料他的人。也不想想，因有你们这样的因果关系才照料的呀……"

今天早晨我甚至想扔下一切什么都不管了。每天上学前，我总要问问祖父有什么事。今天我一声不吭出了家门。可放学回家时，我又起了怜悯之心，不忍对祖父那样。

美代说：

"今天，我告诉祖父（算命）的事。他说去得好，那时我只迷迷糊糊地记得他什么东西都吃上两口，还记得他喝了不少饮料。"

听到这话，我又想起肚子里有怪兽饮食的说法。

晚饭后，祖父说：

"亲密的话啊。放心了。"

"放心了？"真是可笑。

"如此困境，放什么心啊？"

美代笑着说。祖父冷不丁又说：

"差不多……又该给我吃饭了吧？"

"你不是刚刚吃过吗？"

"是吗？不知道。忘了。"

我感到惊异、悲哀。祖父说话的声音越来越小，没有精神，也难以听清。同一句话会反复说上十几遍。

于是，我坐在桌前，摊开稿纸。美代坐在一旁，准备听取祖父那所谓亲密的话语。

（我打算把祖父的话原封不动地记录下来。）

"我说，孙儿的银行印章知道吗？对了。我有生之年还不能用。（不知道为什么。）啊，我做什么都不成功，败光了代代先祖的财产。不过，毕竟一生还是奋斗了，也曾去东京会见大隈先生（大隈重信侯）。闲居家中后，我竟然变得衰弱不堪。唉，松尾还有十七町①田地，我一心想在自己的有生之年将那些田地统统变成孙儿的财产，却未能兑现。（祖父年轻的

———————————
①町：日本度量衡的面积单位。

时候有过诸多努力，如栽培茶树、制造寒天①等，但悉数失败了。他又想测房屋风水，把房子盖了拆、拆了又重建。于是，一次次把田地和山地三文两文地贱卖。丢失的财产，一部分落在叫松尾的滩酒制造商手中。祖父时常在想，至少把这部分财产赎买回来。）孙儿若有十二三町田地，那还怕什么？大学毕业后也不必那么辛苦地忙个不停。现在靠岛木和池田照料，孙儿可怜呀！那些田地若是孙儿的，我就是死了也……我得与御前师傅（前文述及来到新寺庙的圣僧）谈妥，这个家由孙儿一人守护。要是像鸿池（有钱人的代用语）一样有钱，就不当小职员了。为实现我的想法，我本打算去东京的，遗憾没有去成。诸事无望，却心有不甘。必须尽快让孙儿成为坚实的一家之主，他不能一辈子仰人鼻息。我要是眼睛看得见，去见见大隈先生也不算难事。嗨，我横竖都得去一趟东京，去和慈光师傅、瑞圆师傅（新寺庙中圣僧的弟子）以及西方寺（村里的檀家寺）商量。啊。"

"你这么做，会被人家说成是东村的疯子。"

（祖父想去东京见大隈重信有其自身的目的。他略通汉法药术（中药），加上我的父亲是毕业于东京医科学校的医生，因此祖父又跟父亲学会了几分西洋医术，跟自己的汉法药术融合为一。在很长一段时间，祖父为乡邻们诊病施药。祖父对自己的药术强烈自信。使其自信更加强烈的是那次村中的赤痢流行，也就是前面述及的尼姑庵改建、庙中佛像存于我

①寒天：冻粉。

家客厅的那年夏天。只有五十户的村中患者泛滥，可以说平均每家就有一人罹患赤痢，这引起了混乱，为此，新建了两处临时收容医院，连田里都是消毒剂的气味。村里人都说这是移动了尼姑庵中古佛像的报应。但祖父的用药有效地治愈了一些赤痢患者。他把患者隐藏起来，悄悄地服用自己的药，患者因此得救。在临时收容医院里，有的患者扔掉医院的药，服用祖父的药。被医院放弃的病人靠祖父的药得到救治。祖父的药究竟有多大的医学价值不得而知，但药效神奇是事实。祖父想要推广这种药，他让自乐（前面出现过的人）写了申请书，从内务省获得三四种药物的销售许可，但只是印刷了五六千张"东村山龙堂"店号的包装纸，并没有进入制药环节。祖父至死不忘这些药物。他似乎还抱有一种孩子般的信念——只要去东京拜见自己尊敬的人物大隈重信，就可以得到帮助。除了药物，他也筹划《构宅安危论》的出版等。）

"这个家自北条泰时起已持续了七百年。今后还会香火不断并顺利恢复往昔的盛大繁荣。"

"您说大话哪。口气就像快要实现了似的。"美代笑了。

"我活着就不要岛木和池田家照顾。唉，想不到家会变成这样啊。想起来，真是悲伤啊，美代。你听我说，我这样考虑自己的念想……"

美代觉得好笑，刚才就一直笑个不停。我仍在记录祖父的述说。

"一息尚存，我已经极度虚弱。两三千日元还可以想想办法，十二三万日元哪里去找？唉，求的是难为之事。我不去，大隈先生能来多好。可笑吗？别那么笑话我，别看不起人。我就是要让不可能变为可能。对不对？美代呀，真做不到，七百年的家也就气数尽了。"

"您这么说是安慰孙儿吧。别这样焦虑不安，说这种上天摘星星的话，对您的健康无益啊。"

"我是傻瓜吗？"祖父严厉叱责，"只要活着，啊，哪怕今生只有一次，我都想去见那位老人（大隈先生）。不能总是退缩。哎，即使成佛，也想保留小小的心愿。在你眼里我是傻瓜。……我想尿尿。这也不行，那什么时候掉湖里淹死算了。不足为惜。唉！"

我的心很平静、很悲伤，我笑不出来，板着脸一字一句地写着。美代也止住了笑，手撑着脸颊倾听。

"一想到去东京，身体竟变成这样，真是麻烦。南无阿弥陀佛，南无阿弥陀佛。这个愿望不能实现，不如掉湖里淹死，真是无用之人哪！南无阿弥陀佛，南无阿弥陀佛。唉，我决意干点儿什么就遭人笑话。唉，这样的社会我厌倦了！南无阿弥陀佛，南无阿弥陀佛。"

我觉得油灯灯光暗淡了。

"呜嗯，呜嗯。"

痛苦的呻吟越发声高。

"不是说活在世上窝里窝囊长寿就行。唉，五十年间只有一个念想活着的是总理大臣。（当时大隈侯是总理大臣。）唉，遗憾、遗憾啊！废了。"

美代安慰祖父说：

"都是运气。不过孙儿出息了，也很好啊。"

"出息？怎么可能呢？……"

祖父大声说，突然盯着我看。唉，这个老耄。

"话是这么说，有钱的阔佬也未必值得羡慕。您看松尾，还有片山！自己的秉性才是最重要的……"（名叫松尾的造酒商和名叫片山的我家亲戚，彼时家业已衰败。）

"南无阿弥陀佛。"

油灯下，祖父的长胡子发出寂然的银光。

"这世界我已全无留恋，比起此世，彼世更加重要。可是畏葸怯懦同样无法抵达极乐世界。"

"上次祖父很生气呢。他有事跟西方寺的和尚商量，让我去请，可是和尚总说有事不在……"美代等祖父停顿时，告诉我祖父生气的原因。我听了也生气，同情祖父，和尚干吗要骗人呢？

"在这人世间，你只是个没毕业的中学生呀。唉！"

今天的祖父格外小瞧我。

过了一会儿，祖父翻过身去。我打开翌日要考试的英语教科书，我的世界像被推入一个一寸见方的狭窄空间。今晚祖父说话的声音，已不像是此世的声音。我不时心想，等美代回家后，我要把自己将来的希望告知祖父以示安慰。夜深了，祖父突然说：

"人的一生，很难预定方针的呀。"

发自肺腑深处的话语，语重心长。

"是啊，很难啊。"我应道。

五月十日

早晨发生的事。

"和尚还没来吗？"

"嗯。"

"最近，自乐先生一次都没来过啊。他不是每天都来的吗？我想请自乐先生相一面啊。"

"相面和上次不会有什么变化的，不会那么快的。"

"再请他相一次面，见和尚商量，得实现我的愿望啊……"

坚定的语调表现出祖父的决心。

"我想与自乐先生见上一面。"

"自乐那种人有什么用呢？"

我自言自语地小声嘀咕。

五月十四日

"美代，美代，美代！"

祖父的叫声吵醒了我。

"什么事呀？"

"美代来了吗？"

"还没有。现在是夜里两点。"

"是吗？"

直到凌晨，祖父不到五分钟就喊一次美代。我似睡非睡听着他的叫喊。凌晨五点前后，美代来了。

放学回家后，美代告诉我：

"今天真是太难了。一刻也不能离开，一会儿尿尿，一会儿翻身，一会儿要茶，一会儿要烟，从早上到现在，一次都没回去呢。"

"该叫医生来看看吧……"

我早就想请医生，但好医生要花钱。再说也是担心祖父眼中没有像样的医生，医生诊治他就发火，弄不好当着医生的面骂骂咧咧。今天早晨他还说：

"医生嘛，不就是指甲刀吗？"

夜间。

"美代，美代，美代！"

我故意不搭理他，轻轻走到他的耳边问：

"什么事呀？"

"美代辞了算啦。早饭也不让吃。"

"您不是刚吃过晚饭吗？一个小时不到啊。"

祖父的表情异常迟钝，不知他听懂了没有。

"帮您翻身吗？"

祖父咕哝了些什么，完全听不懂。再问也不答，真叫人不放心。

"您喝茶吧？"

"哎呀。这茶温乎。这茶凉了。什么啊……"

祖父的声音令人讨厌。

"随您的便吧。"

我默默地离开他的枕边。

过了一会儿,祖父又叫起来:

"美代,美代!"

他绝不会叫我的名字。

"什么事呀?"

"今天去池田(姨母家,离我家二十多公里的镇上)见到荣吉了吗?"

"没有去过池田呀?"

"是吗?那你上哪儿去了?"

"哪儿都没去。"

"那真奇怪。"

祖父哪来的这些话呢?我觉得太奇怪了。

我做作文作业的时候,祖父又不停地叫了起来:

"美代,美代,美代!"

他提高了声调,上不来气了。

"什么事呀?"

"帮我尿尿吧?"

"嗯。美代回去了,夜里十点多了啊。"

"让我吃过饭了吗?"

我愕然。

祖父的脚上和头上布满了粗大的皱纹，宛若穿旧的尽是折皱的丝绸单衣。将他的皮肤捏起来放开，竟无法复原。我异常忧虑。今日的祖父，只要有借口就说些让我上火的话。渐渐地，每当此时，祖父的脸就变得凶险起来。我入睡之前，祖父断断续续的呻吟使我抑郁。

五月十五日

从今日起，因美代有事，换了阿常婆（常来往人家的阿婆）来，我从学校一回家就问阿常婆。

"阿常婆，祖父没说难为你的话吧？"

"没啊，什么都没说。我去问他有事吗，他说想撒尿，很听话啊。"

祖父的这种客气让我无限心痛。

今天的祖父看着十分痛苦。我想方设法安慰他。

"呜嗯，呜嗯。"

他不停地哼哼着，分不清是应答还是喘息。断断续续的痛苦呻吟在我的脑海深处回荡。我不堪忍受，仿佛自己的生命被一寸寸切下来扔掉似的。

"噢，噢。美代，美代，美代，美代，美代，噢，啊，啊……"

"什么事呀？"

"尿出来了，快，快接。"

"好了，在接哪……"

我拿着尿壶等候了五分钟，祖父又说：

“快接尿。”

他的感觉麻痹了。我感觉悲哀，祖父好可怜……

祖父今天发烧。屋里飘溢着一种令人厌恶的臭味儿。我面对书桌读书。他拖着长调儿厉声地呻吟着。这是一个五月的雨夜。

五月十六日

傍晚五时许，四郎兵卫（分户老人。说是分户，只是名义上的，原本无任何血缘关系。祖父与之并无亲密交往）来探望，给了祖父许多安慰。

“呜嗯，呜嗯。”

呻吟声便是祖父的应答。

四郎兵卫给了我诸多提醒。

“你还年轻，真是够受的。拜托你了。”

说罢，他便回去了。

过了七点，我说：“我出去玩一会儿。”随后跑出家门。十点左右，我回到家门口，听见祖父“阿常、阿常”的喊声，令人不忍聆听。

我急忙问：

“什么事呀？”

“阿常呢？”

“回家了。十点钟了。”

“阿常是不是没给我吃饭？”

"吃过了呀。"

"肚子饿了，给我吃一点吧。"

"没有饭了。"

"是吗？要老命啊。"

这样完整的对话从未有过，总是没完没了地重复套话式的无聊话语。我说什么都是耳旁风，立刻忘了又是旧话重提。脑子真是一锅糨子。

后　记

日记就此结束。写下这些日记的十年之后，我在舅父家的库房里找到的就是这些日记——中学的三十页作文纸。大概只有这些吧，没有后续。祖父是五月二十五日凌晨去世的，日记的最后一天是五月十六日——祖父去世九天前。十六日以后，祖父的病情进一步恶化，家中陷入混乱，顾不上再记日记。

当我发现这些日记时，令人不可思议的是，这里记录的每一天的生活我已完全没有了记忆。若是我已忘记，那么这些日常跑到哪里去了呢？消失在何处了呢？我百思不得其解，人怎么会消失在往昔之中？

这段日子我都活在舅父仓房角落的皮包里，这使我的记忆得以复苏。这个皮包是当医生的父亲出诊时携带的物品。舅父近来因投资失败破产，连房产也赔了进去。在仓房转让之前，我去寻找有没有自己的物品，于是发现了这个上了锁的皮包。我用旁边的一把旧刀割破了皮包，只见里面装满了我少年时代的日记，也混杂着前述十六岁的日记。面对的是我业已忘却的过去的诚实心境。然而，日记里的祖父比我记忆中的祖父形象丑陋。十年间，我的记忆不断清洗着祖父的形象。

记忆中抹去了日记中的诸般日常，却仍旧记得医生第一次来家里和祖父临终当天的景象。祖父历来对医生怀有极端的轻蔑和疑虑，可见到医生反而骤变似的信赖，流着眼泪致谢。毋宁说，我有一种遭到祖父彻底背叛的心情。祖父真是可怜，令人心痛。祖父是昭宪皇太后大葬之日夜里去世的。我犹疑不定，不知道是否要出席中学的遥拜仪式。中学在南镇，距我们村子约莫六公里。不知什么缘故，我心血来潮地很想参加遥拜仪式，却又担心我不在的时候祖父会死去。美代帮我去问了祖父。

"这是日本国民的义务，你去吧。"

"您能活到我回来吗？"

"活着的，去吧！"

八点的遥拜仪式要迟到了，我匆忙赶路，木屐的带子都断了（当时我们中学穿和服）。我垂头丧气地回到家，意外的是美代鼓励说那是迷信。我换了木屐又赶往学校。

遥拜仪式结束后，我突然不安起来。记得镇上家家户户点着追悼的灯笼，应该是黑夜。我脱了木屐，光着脚一口气跑了六公里回家。当天夜里时过十二点，祖父还活着。

祖父去世那年八月，我离家到了舅父家。想到祖父对家恋恋不舍，离家当时及后来卖掉老宅时，我都有些于心不忍。以后辗转于亲戚家、学生宿舍和外借公寓之间，老宅和家庭的观念渐渐淡出了我的意识，我总是梦见自己在流浪。祖父曾觉得，让亲戚看到自家的家谱令人不安，于是一直珍藏在他最信赖的美代家，如今依然锁在美代家佛坛的抽屉中。我却从未有过要看家谱的想法。我并不觉得对祖父有什么愧疚。我懵懂地信赖死者的睿智与慈爱。

后记之二

《十六岁的日记》发表于大正十四年，我二十七岁时，那是大正三年我十六岁那年五月的日记，在我发表的作品中执笔最早。（"十六岁"是虚岁，实足十四岁。）

作品发表时写有后记，有关日记的一些想法都在那篇后记中。不过后记的写作是小说形式，与事实略有出入。有一句写道"舅父近来因投资失败破产，连房产也赔了进去"，其实卖掉房产的是表兄。我想那是在舅父死后的事。舅父是个谨小慎微的老实人。此外，我说父亲出诊时的皮包里装满了少年时代的日记也有些许夸张。我中学时代的日记大都保存至今，并没有那么多。

我说记得是父亲出诊时用的皮包，但当时的医生出诊时，所持的并非平时上班族用的那种，而是旅行时用的那种底部很宽且牢固的一种皮包。至于"中学的三十页作文纸"，其实准确的页数现在已记不清楚。二十七岁抄写的时候，已将十六岁时写下的原文撕碎丢弃了。

然而在编辑时，我又找出了那些旧的日记类，新发现两页"十六岁的日记"，即二十二和二十三页。二十七岁抄写的时候，这两页日记不知遗失在何处而漏抄，所以没有撕掉，一看便知是已发表日记之后的部分。如此，日记并没有三十页之多。不过原稿亦非按格一字一字地书写，实际的字数要比二十行二十一格多得多。三十页也许只是一个概数。

总之，这遗漏的两页原本应并入《十六岁的日记》，虽没有日期，但肯定接着前面的日记，因此补抄于此。这样，这两页稿纸也可以撕掉丢弃了。

❖ ❖ ❖ ❖

"身体情况不好，唉，可以不死的人要死了。"

极小的话音，勉强可以听见。

"谁要死了？"

"……（不明）……"

"你祖父吗？"

"世上的人都会死的。"

"是吗？"

常人说这话没有什么稀罕，可如今祖父所言，我不能充耳不闻，遂产生了各种联想。某种不安袭来（五字不明）。

祖父的呻吟短促微弱，时断时续，呼吸短促像是只吐气。病情急剧恶化。

"美代吧？我怎么啦？早上也罢，晚上也罢，午饭也罢，晚饭也罢，都感觉晕乎。唉，只管吃饭的护理令人讨厌……上次听了神佛的话，真是放心不下啊。我已被神佛抛弃了吧？"

"哪有的事。神佛说我做有意义的事。"美代说。

祖父仿佛由一个空洞的底部发出咕哝声。

"啊，白用一年（借钱没付利息）。唉，也就十两小钱，担惊受怕的……"

这话他重复了十几遍。重复中，呼吸渐渐困难起来。

"请个医生看看吧？"

美代提议，我也只能同意，便对祖父说：

"爷爷，请个医生看看吧。有个三长两短，也对不住亲戚们呀。"

（祖父怎样回答的没有记录。记得……以为祖父会拒绝，没料想他竟怯生生地答应了，反使我感到苦寂。）

请阿常婆跑去请宿川原的医生。

她走后，美代说：

"老爷子，三番（舅父的村子）的钱我也要回来了，小畑的那份在津之江（祖父妹妹的村子）借了，放心吧，付过了……"

141

"是嘛，很高兴。"

对祖父来说，这是真正的苦中之乐。

"您说放心，就得念佛啊。"

"南无阿弥陀佛，南无阿弥陀佛。"

唉，祖父的生命不会长久。这稿子写不到最后的。（写这份日记的稿纸准备了一百张。）美代不在的几天，祖父眼看着衰弱下去，现已看到了死亡戳印。

放下写日记的笔，我呆呆地在想祖父过世以后的事情。唉，不幸的我将在天地间孑然一身。

祖父念佛过后说：

"听念佛声，肚子软了啊，一直胀鼓鼓的……"

阿常婆回来了，说医生不在家。

"人家说医生明天从大阪回来，要是等不及，就让咱们找别的医生。"

"怎么办呢？"美代说。

"嗨，不会那么急吧。"阿常婆说。

"是啊，不会那么急的吧。"

嘴上虽这么说，但一听医生不在，还是让人感到焦虑。

祖父开始打鼾，像是入睡了的样子。他张着嘴，眼睛也没完全闭上，一副呆滞空幻的表情。

枕边的座灯火影暗淡。两个女人默默地用手撑着脸。

"唉，孙儿，咋办呀？都这样了，还老是论理……"

"怎么办才好哇？"我要哭了。

　　　　　　◆　◆　◆　◆

　　原文是一页半又三行，会话部分换行抄写，变成了四页
四行。仅有一点可以肯定，这是二十七岁时发表的那一部分
的后续。《十六岁的日记》曾因故中断记录。五月十五日美代
有事回家，阿常婆来替她，因此翌日的记录缺失。这部分是
之后美代又来我家那天的记事。

　　因此《十六岁的日记》后记中的"日记就此结束"与事
实不符。其实《十六岁的日记》发表之时，只有五月十六日
之前的日记。五月十六日当天的和这里抄写的部分，好像还
应有几天的日记，也许已经遗失了吧。

　　祖父是五月二十五日凌晨去世的，十六日距去世还有九
天，这里抄录的是与祖父死期更加接近的数日之内的事情。

　　祖父的死使十六岁的我失去了所有的亲人，家也不复
存在。

　　在《十六岁的日记》的后记中我写过："当我发现这些日
记时，令人不可思议的是，这里记录的每一天的生活我已完
全没有了记忆。若是我已忘记，那么这些日常跑到哪里去了
呢？消失在何处了呢？我百思不得其解，人怎么会消失在往
昔之中？"那是自己经历的过去，怎么会没有记忆了呢？奇
怪。如今我虽已年过半百，仍认为这不可思议。对我而言，
这是我《十六岁的日记》要面对的首要问题。

说是失去了记忆，又不能简单地认定"消隐"或"消失"在了过去。此外，作品也并非旨在解释记忆或忘却的意义，也不是为了触及时间与生命的意义。可是对我而言，这部作品确实构成了一个线索或证据。

　　我的记忆力不好，我无法确信记忆，有时竟感觉忘却是一种恩宠。

　　第二个问题，我为何要写那样的日记。自然是意识到祖父死期将近，我想记录下祖父生前的形象。但后来想起，好生奇怪，十六岁的自己守着临近死亡的病人，竟留下了那些写生文般的日记。

　　五月八日的文中写道："于是，我坐在桌前，摊开稿纸。美代坐着一旁，准备听取祖父那所谓亲密的话语。（我打算把祖父的话原封不动地记录下来。）"虽有桌子，但我记得"是用梯凳（踏台）代替桌子，梯凳边上立着蜡烛，我在梯凳上边写出了《十六岁的日记》"。祖父几近失明，不会发现我是在写生。

　　我当然做梦也没有想到，十年之后这些日记会成为发表的作品。好歹具有的可读性，想必源自写生而非早熟的文才。我只想以笔记的形式速记祖父的话语，无暇顾及文章的修饰。字迹潦草，一味码字，日后有些地方自己也看不明白。

　　祖父七十五岁逝世了。

（魏大海　译）

招魂祭一景

风和日丽的秋日，噪音全无，其仿佛升腾到了空中。

马术姑娘阿光沉醉于观众人群中。她的马不时下意识地抬起一条腿，阿光的手脚却被颠得像散了架似的，忽地又聚力到一处，唤回了生物般的感觉，而瞳孔又瞬间失去了焦点。忽然，远远的一个农夫大爷的脸清晰地映入眼帘，旁边还站着一个男子奇怪地让阿光分心，他敞胸露怀，解开了外褂的衣带。此情此景，让她恍若身处梦境中。

阿光觉得，唯有这神社内疯狂喧嚣，外面的世界静寂无声。无数的人头如皮影戏般无声地移动。

马背上的阿光像是被孤身弃置在了空寂之中，茫然忘记了哭泣。

一股炒新栗的清香扑鼻，阿光实想品尝。因心中惦记这点小事，把她从疲惫不堪的现实迷离中唤醒了。

她听到了"哗啦哗啦"炒黄豆的声音，有人在转动细铁丝做的筒形器具。阿光看到杂耍篷的马路对面，一个老板娘右手转动着器具，露出漏气袋一般的乳房哺乳章鱼头似的婴儿。她的丈夫正在同一摊位上用长长的火筷灵巧地翻动铁网上的栗子。

闻到栗子和黄豆的香味儿，阿光叹了一口粗气。

相邻是煮鸡蛋的摊位。

两个流鼻涕的小鬼在摊前吵架。

"你胡说！"

一个孩子抓起鸡蛋上的咸盐扔到另一个孩子的嘴里。

"啊！"

那孩子"呸呸"地直啐咸盐。

"不错啊……好味道！好味道！"

那孩子带着古怪冷漠的表情，伸出舌头舔着嘴边的盐。

"住手，你这畜生！"卖蛋人站起来对偷盐的孩子喊。扔盐的孩子冲着卖蛋人一撅屁股，说了声"来啊"，然后把胳膊搭在舔嘴的孩子的脖子上，消失在了人群中。

阿光露出一缕微笑，心想在这拥挤的人群中，人们只顾关注杂耍篷，却没人发觉那孩子生动的表演。哦，不好！有两人抓着杂耍篷前的栏杆站在最前排，直勾勾地看着阿光的脸。一个眼露凶光的像是学生，戴着漂亮鸭舌帽；另外一个系着硬绢腰带的年轻人不像学生，长着大大的狮子鼻。

这种意外的视线使阿光惶恐羞赧。好不容易她的心总算恢复了紧张感。

知道阿光已有察觉，戴鸭舌帽的男子扯了扯系硬绢腰带的年轻人的袖子。

……两个孩子分别骑着两匹带马嚼子的裸马，并驾齐驱地绕着圆圈奔跑。在孩子们的身后，阿光双脚分立站在两匹马背上，上身微微前曲缩腰，脚后跟策马奔驰。阿光的身子与马的步幅气息吻合时，便让两个孩子站上马背，然后她抓住腰带将孩子举起，再让他俩面对面骑在自己的双肩上。接着运足气力加强握力，伸直双臂让两个孩子站立在自己的肩上。两个孩子一手互握，稳稳地站在阿光的肩上，并借助阿光的腕力，右肩的孩子伸出右臂右腿，左肩的孩子伸出左臂左腿，摆出水平伸展的造型。观众的掌声响起。掌声中，马上的三人保持这一造型绕场一两周。孩子们从阿光的肩头一齐跳下马背。……表演完休息时阿光也不得闲，为招徕观众又跑到篷外展示马上的英姿。

空马三头。姑娘骑过的两头并立在篷前，最右边那头昂起低垂的头，离开队列走动起来。

阿光也跟着牵起了缰绳。

演出小屋前，马儿这头那头地来回踱步，为着引起行人的注意。

马儿又走到右边，邻家是八木节①歌舞的篷子。

---

① 八木节：八木节是日本群马、栃木、埼玉县一带的民谣，跳盂兰盆会舞时用的曲子。

刚出道的三角野郎①，

暂时消停一两天……

　　杂耍篷右端的木台上，一个男人敲击大鼓，高声喊着号子。五六个跳大正舞的姑娘并排站在舞台上，背朝篷内的观众，肩上的花阳伞遮挡住上身正待起舞。骑马来到右端的阿光也看到了眼前的景观。演出篷外有一块大幅的幕布，每隔十分钟就拉开一次，展现舞女们的花容艳姿。即将正式开演时，敲一下铙便落下幕来，显然要告诉观众，看这些姑娘的舞蹈需要买门票。

　　左邻是魔术小屋，正在表演精彩的节目，为了不让人白看，幕布紧闭。

　　"阿光，……好久不见了。"

　　一个小个子的人招呼道。她刚才站在盯着阿光的学生和硬绢腰带年轻人待过的栏杆旁。阿光却一时想不起她是谁。

　　"你长大了，我都认不出来了。"

　　女人说完，双肘捧水似的一缩。阿光恍然大悟。

　　"噢，阿留！"

　　阿光身子一歪，想从马上跳下来，可离开马背，便可看到自己穿着桃色针织连裤袜的丑陋无比的粗短腿。她旋又改了主意，骑在马上，掉转马头靠近阿留。

———————————
①野郎：爱惹事、爱打架的男人。

难得一见的阿留只顾呆呆地望着阿光。

阿光缩回伸直在马腹两侧的双腿，弯腰前倾，用右手抓住马鬃，左手与阿留的手一起搭在了栏杆上。她紧挨着阿留勒住了马。

"你现在住在哪儿呀？"

"日暮里。"

"还和源吉一起住吗？"

别说"那还用问"的应声了，阿留好像连点点头的精神也没有。她默不作声。

"近来干些什么？"

"……"

"源吉在干什么？"

"……"

"嗨，你这个人……这是怎么啦？像白痴一样。"

阿光说话时几乎没看对方一眼。这时，她才疲惫不堪地强打起精神看了看阿留。那张本来就小的脸盘显得更小了，额发稀疏，前额发亮，目光呆滞。

"你和源吉分手了？"

"没有啊。"

"还在日暮里吗？"

"嗯。"

"是吗？"

阿光意识到自己的心不在焉，重复问了刚刚问过的阿留的住址，她觉得怪不好意思的。然而，阿留对此毫不介意。

"阿光，你长大了，几岁啦？"

阿留若有所思，正面凝视着阿光，一脸茫然。阿光从栏杆上抽回左手，搂住马脖子，脸贴着马颈掩饰羞涩。

"阿光，你多大了？"

"问这个干吗？"

"真的，多大了？"

"十七。"

"伊作还在吗？"

"嗯，在啊。"

"阿光……你可别叫伊作那种人骗了啊。"

"啊……？"

阿光吓了一跳，就像电车上睡在母亲膝上的孩子遇上了电车相撞事件。

"我说（诸般理由）……"

她下意识地想要分辩，又担心似的把话咽了下去。

"那家伙是个魔鬼。"

"啊……？"

阿光的右手不由得抓紧了马鬃。

"我来时就觉得准能碰上什么人……"

"是吗？"

"你长大啦！"

"……"

"没意思吧？"

"说什么呢？……"

"别再干这种营生了。"

"嗯。"

"弄得人身上一身马臭，就完了。"

"嗯。"

"都没法儿去见爹娘。"

阿光的心受到强烈震动，她不敢正视僵尸一般的阿留，映入眼帘的只有好大好大的马皮，她似听非听，机械式地应答，充满了自怜自艾的心绪。

"阿仓也出演吗？"

"阿仓今天休息。"

"是吗？"

"你不去看她一眼吗？"

"看了也没用。"

"可也是。"

"阿光，做了男人的玩物就永无出头之日了啊。"

"……"

"那就跟死了一样。"

"……"

"认准一个人，早点儿出来吧。"

"……"

"我去听听八木小调啊。"

阿留直瞪瞪地瞅着阿光的脸，要说的就是这些，似乎再没有其他惦记，说完就急匆匆地走了。

右邻小屋里滑稽舞演得热闹。

阿光抬起头，看见一拨人聚着听她俩说话。刚才那个戴鸭舌帽和系硬绢腰带的人不知什么时候又回到这里站着了。

"不好。"

阿光仿佛噩梦初醒，就像突然意识到自己是一脸睡相出现在众人面前一样。她哭笑不得地直起身来。

"……我说，阿留！被伊作欺骗也罢，没被欺骗也罢，结果有什么差别吗？难道都是伊作一个人的错……？"

阿光目送着阿留离去。她两腿踏蹬，上身微微前倾，架起腰，脚后跟策马快速跑去。阿留走路还那个德行，撇开短腿摇摇摆摆，不还是一副骑马的样子吗？屁股在腰后面坠着，真难看。要没有那件短外衣，那背影真是不堪入目。

阿光觉得眼眶发热。

"我也曾像刚才的孩子那样，骑在阿留姐的肩上，提心吊胆地抱紧她的头，又站上阿留的肩头，叉开腿来。阿留自己也成了男人的玩物。你自己当时不也只好认命了嘛……"

另外两个骑马的人，对阿光和阿留的邂逅全然一副无所谓的模样，在小屋前悠然地来回走动。

阿光骑的马步入两匹马之间。

她知道自己的对手并非阿留，但还是感觉到慰藉和愉悦，母亲毕竟把阿留当作欺负自己的人赶走了。想来，自己受欺侮还是由于自己淘气。她曾发誓以后要规矩一些，像孩童般纯净的心绪却又滚滚翻腾。她弯缩的膝盖不知为何伸不直，这让她感觉羞耻。阿光像世间寻常的女人一样，端坐在裸马背上。

马戏团当红的樱子，特地给自己起了个时髦的艺名。她挺直胸脯，脚尖打着拍子，哼唱着小曲，策马从阿光的眼前走过。

"樱子不也一样吗？那么强势，打男人耳光，捶胸跺脚，又咬又踢，下场还是一样啊。一开始我们就不是伊作的对手……"

阿光喃喃自语，企图让自己释怀，结果却俨然一个初登舞台的小女孩，对自己的身姿装扮产生了难以抑制的羞怯感。她花里胡哨的新马服上镶有绿叶和红花，腰间和袖口还打了皱褶。

她一下子趴下上身，抱住马脖子，把脸埋在人们看不见的马鬃里。她嗅到了一股马臭。

马臭难闻。告诫阿光"一身马臭"的阿留出现，也平添了几分滑稽。阿光出了个怪相，略微地瞟了一眼，眼前正气凛然的樱子在阿光眼中倒是挺有出息的。

"阿樱。"

樱子威严地转过头来。

"阿樱认识那个人吧？"

"原来是这儿的吧？"

"嗯。"

"屁股离地一掌（腿短）啊。"

"长期骑马，不就得变成那样子了吗？"

"讨厌！她是不是中风了，还是有风湿病？"

"谁知道啊……"

"活像一个乞丐呢。"

"想起来沮丧……我们也会变成那样啊。"

"那不一定，看你的造化呢……"

樱子胸佩带链的银色奖牌，朱唇紧抿，有两个酒窝，宽下巴的脸上露出骄慢之气。她骑马来到杂耍篷小屋左侧，调转了马头。

魔术小屋的幕布拉起，外面的观众可以看到里面。

一个身穿桃色外衣和青色内衣的女子站在舞台上，从啤酒瓶里没完没了地扯出各国的国旗，最后则是一面大大的太阳旗，"哗啦哗啦"地翻舞着。阿光甚至还看到，那女子一边重复着扯旗的动作，一边"一二三四"地数数，长长的下颏也左右交错地反复上扬。

阿光也模仿女子——在马鬃后面，下颏斜落再扬起，两三次后，心情顿时变得豁朗起来。

阿光的脸从马的右侧移至左侧，后随樱子调转了马头。

虽然阿光的身体每天都受着可怜的摧残，而她的美梦却越发贴近。她怀疑美梦与现实之间的浮桥，她期冀的是跨上天马，尽情地飞向梦想的天空……

"不过，阿樱不像我，没人说她像狐狸精。而且阿樱也说了，我俩不仅相貌不同，秉性也不一样。"

心情豁朗时，阿光这样回应梦境中的自己。

"说些什么呀，你这个人？……"阿光自言自语。

坐骑走到杂耍蓬小屋前居中的处所靠近入口处，正待通过的同时，她却如一个孩童一般刚哭过又高兴起来，顽皮地双膝一用力，飞跃到另一匹屁股朝着行人吃干草的无鞍马上。

"哎哟！这疯丫头……"

一旁马戏班的老板娘吓了一跳。

"老板娘，阿留姐来过了呢。"

"知道啊。你这是干什么呢？学这怪动作……"

真是离谱离奇的杂技。阿光也不好意思，仿佛做了错事。

她的美梦一瞬间便又被催醒了。

之后她又走了半个来回……

樱子攥紧缰绳，从突然打开的门外跑进杂耍蓬。

阿光也轻松地吹着口哨策马跟进。

小屋中央铺成圆形的地板上，表演杂技的孩子们像老鼠般四散。

"叽、叽、叽……"

伊作爽快的身姿出现在中央，高声地吹响口哨。

不光是马匹，连阿光听到他的口哨声都精神振奋。

伊作用长长的皮鞭猛抽地板驱赶马儿。皮鞭追逐樱子的马。

绕场两三圈后，阿光开始表演杂技，还是曲起双腿端坐在马背上。

两个男子站在马道两侧，把一块宽两三尺的长条红布的四角拉紧。奔跑的马从红布下钻过，姑娘则双脚用力地从红布上面越过，恰好落在布下另一端钻出的马背上继续奔跑。

樱子敏捷地跳跃了过去。

说时迟那时快，阿光的脚尖却挂上了红布，双手撑在马背上，意外失手。

伊作的目光透现出严厉的训斥。皮鞭开始驱赶阿光的马。

阿光发疯似的跃过第二块红布。两个机敏的男子将红布向后一拉，为阿光靠不住的双腿助力。

阿光无暇考虑愿意与否，像老鹰抓小鸡一样，信马由缰地跑去。

不觉之中，她又在马背上站立了起来，准备做下一个杂技动作。

樱子手持点燃的半椭圆钢丝圈两端，在绕场奔跑的马背上轻巧地表演单人跳火绳，在椭圆形的火焰画框中，她就像是一个女神，从脚到头优雅美妙地环罩在光圈之中。

阿光接过钢丝圈，火焰已燃至椭圆的顶端。她像跳绳一样，将钢丝圈从后面转到了前面，转到脸部时听见耳畔呼呼的火焰声，同时也看到了火焰的闪耀。她的手顿时变得拙笨，莫非今日的火光会直入心扉吗？她方寸大乱，只好重来。刚跃过脚下的钢丝圈，就觉得唯有马儿腾空跃起，自己的脚下失去了立足点，感到头晕目眩。

樱子把半椭圆变成火焰的全椭圆，身影罩在其中妙技连连。

樱子画出的椭圆在阿光的眼中闪现，而站在与自己不合节拍的马背上却是十分危险。

"叽，叽，叽……"伊作吹起口哨。

阿光心里郁闷不已，恨不得躺到地上纵情地痛哭一场。

每天不知重复多少次的技艺娴熟的跳跃，竟然不会了。不知道是真是假，还是由着性子不想跳了，抑或是前一阵子身体不佳，加上三天的招魂祭劳累，突然患上什么大病了？阿光自己也无法判断。

摇晃的刹那间，阿光把火焰环扔到了马的眼前，咚地一屁股坐在了马背上。

阿光的马受到惊吓，高抬前腿，飞快地奔跑起来，且轻轻擦上了樱子的马腹。

"啊，赶上樱子了，超过樱子了！"

阿光清醒意识到的只有这一点。就在这时，腹部擦碰的两匹马微微地晃了一晃，马戏团明星樱子连同火焰光圈一起落下马来。

（一九二一年）

（魏大海　译）

禽　兽

小鸟的鸣啭打破了他的白日梦。

一辆老旧的卡车上载着一个超大的鸟笼，竟比戏剧舞台上押送"重犯"的囚车还大两三倍。

他坐的出租车不小心开入了送殡的车列。后面那辆车司机前面的玻璃上贴着"二十三"号。往路旁一瞧，这里是一座禅寺，门外的石碑上写着"史迹太宰春台墓"。寺院门上还贴着告示："山门不幸，法渡亡灵。"

现在在下坡途中，坡下便是设有交通岗的十字路口。这当儿一下子开来三十多辆汽车，交通的整顿十分困难。

他焦急不安地看着放鸟的笼子，向小心翼翼抱着花篮、拘束地坐在他身边的小女佣问道：

"几点了？"

这个小女佣哪里有手表？司机替她答道：

"差十分七点，我这表慢了六七分钟呢。"

初夏黄昏，天空明亮。花篮里的玫瑰馨香扑鼻。禅寺里不知其名的树上飘来一股恼人的六月花香。

"这样就迟到了，能快点儿吗?"

"可这会儿只能右侧通行，这些车不过去，咱也走不了啊。日比谷会堂今晚干吗呀?"

司机是想拉上散场回头客。

"舞会。"

"啊? 放那么多鸟，得花多少钱啊?"

"半道遇上送殡的，真是不吉利啊。"

车里听得见鸟翅的拍打声。卡车一开动，鸟就喧噪起来。

"哪里，好运呢。听说这是大吉之兆呢。"

司机像是用汽车展示自己的语言表情，他的车子滑出右侧，一举超过了送殡的车队。

"奇怪吧。正好相反呢。"

他笑道。又觉得理所当然，人们靠惯性思考问题。

本来是去看千花子的舞蹈，他却产生了一些顾忌。今天真是够离谱的。说到不吉，路遇送殡车队倒也不算什么，更糟的是家里摆放的动物尸体还未处置。他连珠炮似的对小女佣说:

"回家后，今晚一定不要忘记把戴菊①扔掉。戴菊的尸体还在二楼的壁橱里呢。"

戴菊死去一个星期了。他嫌从鸟笼里拿出尸体麻烦，索性连鸟笼一起放在了壁橱里。那壁橱就在上了楼梯的尽头。

---

①戴菊:雀形目,戴菊科,体长约9厘米。

每当来客，他就取出鸟笼下面的坐垫。可他和小女佣竟习以为常而没有及时扔掉小鸟的尸骸。

戴菊与煤山雀、小雀、鹟鹩、小琉璃鸟一样，都是体形娇小的鸟。戴菊的上半身是橄榄绿色，下半身呈淡黄灰色，脖颈也是灰色，羽翼有两道白杠，翅膀上最长的羽毛外沿也是黄色。头顶还有一条粗黑线，线外一圈黄边。每当羽毛抖松时，黄边线尤其显眼，宛如顶着一蓬黄菊花瓣。雄鸟的黄色则较浓，显橙色。戴菊的圆眼睛格外讨喜。它们常常欢快灵巧地在鸟笼的顶上嬉戏，活泼地跳来跳去，且身姿高雅，委实招人怜爱。

这对戴菊是鸟贩夜里送来的，就被放在了光线昏暗的神龛上。过了一会儿再瞧，两只小鸟相互偎依着甜美地睡着了，脖颈却伸到了对方身上的羽毛里，圆溜溜的，活像一个绒线球，分辨不出那是两只鸟的躯体。

他是一个年近四十的单身汉，见此情景，感受到了童心般的温暖。他站在饭桌上，久久地盯着神龛。

他想，在人世间的什么地方，也会有一对青梅竹马的初恋情人像这样甜美地依偎而眠。他希望有人陪他一起观望小鸟的睡姿，但他没去喊女佣。

翌日开始，吃饭的时间他也总是把鸟笼放在饭桌上，看着戴菊用膳。就是在会客之时，他也守候着自己爱玩的动物。他很少认真地听对方说话，一门心思地摆弄宠物。他向知更鸟雏鸟挥手或用手指喂饵，他热衷于手语的训练，有时还耐着性子给膝上的小柴犬捉跳蚤。

"柴犬有些像宿命论者，我喜欢。有时它坐在膝上或房间的角落里，老半天一动不动呢。"

常常客人都要离去了，他也不去看客人一眼。

夏日里，他在客厅桌上的玻璃缸里养绯鳟和小鲤鱼。

"兴许年龄的关系，我渐渐拒绝与男人见面。男人让人讨厌。我一见男人就感觉疲劳。吃饭、旅行，我统统以女人为伴。"

"找个女人结婚不好吗？"

"那怎么行？女人还是薄情的好。我认定薄情女才能若无其事地相处。结果也最是愉快。就是女佣，我也尽量雇用薄情的女人。"

"就是这个缘故，你才饲养动物的吧？"

"动物怎么会薄情呢？若是自己身边没有个会动的物体，真会寂寞得受不了啊。"

这番话，他说得心不在焉。说话间却直瞪瞪看着玻璃缸里的彩色小鲤鱼。一游动，鱼鳞的光泽便发生种种变化。他感到在这狭小的水中，也有一种微妙的光的世界。接待客人的事，早已忘得一干二净。

鸟商每弄到一只新鸟，就悄悄带到他家来。他家的书房里，竟饲养了三十多种鸟。

"卖鸟的，你又来啦？"女佣不耐烦地搭腔。

"怎么？这只新鸟让我高兴了四五天。不然，哪里会这么便宜?"

"可我家老爷总是这么一门心思看鸟的话……"

"有点儿吓人对吧?快神经了对吧?家里太寂静了对吧?"

然而对他来说,迎来了新的小鸟,两三天里生活就充满了新鲜感,他就感受到活在这个天地间的价值。他不能从人的身上得到这种感情,多半是他自身的毛病。贝壳、花草固然很美,但小鸟有生命,会动,令之即刻感到造化之妙。虽是笼中之鸟,但小东西却充分显示出生命的喜悦。

形体小巧、欢快活泼的戴菊夫妇更是如此。

可是喂养一个多月后,一次送饵时,其中的一只飞出了鸟笼。女佣慌慌张张地没抓住,让它逃到了库房上面的樟树上了。樟树叶子上还有晨霜。两只鸟一里一外地大声鸣叫。他马上把鸟笼放到库房的屋顶上,并放置了粘鸟的竹竿。两只鸟悲痛地啼鸣不已。但是正午时分,逃到外面的鸟似乎远走高飞了。这对戴菊是从日光山弄来的。

剩下的一只是雌鸟。夫妇俩曾那般甜蜜地睡在一起,这如何是好?他便催促鸟商再给弄一只雄鸟,也亲赴各处鸟商店里寻购,却求之不得。过了几天,那个鸟商又让人从乡下送来一对戴菊。他说只要一只雄性的。对方则说:

"这鸟成双配对,剩下一只放在店里怎么弄?雌鸟就白送给你吧。"

"可是,三只鸟放在一起,合得来吗?"

"没事的。头四五天,两个鸟笼靠近摆放,先让它们熟悉一下……"

　　但他就像小孩儿摆弄新玩具似的急不可待。鸟商刚走，他就把两只新鸟放到装旧鸟的笼子里。不料，三只鸟吵得一塌糊涂。两只新鸟都不肯落上栖木，"啪啦啪啦"地在笼子里飞来飞去。原来的戴菊被吓得要命，一动不动地伫立在笼底，胆战心惊地仰望着两只新鸟吵闹。两只新鸟就像遭难的夫妻似的互相呼叫。三只小鸟都吓坏了，惊恐万分。当他把鸟笼往壁橱中一放，新来夫妻便鸣叫着依偎一处。那只失去丈夫的雌鸟却孤单单的，无法平静。

　　他想这样不行，于是又把它们分成两笼。可是看到一边的夫妇，就觉得孤单的雌鸟可怜。于是又把旧雌鸟与新雄鸟装在一个笼里。新雄鸟却与分居的妻子遥相鸣叫，与旧雌鸟合不来。尽管如此，不知何时两只鸟相依睡了。第二天傍晚，即使都放在一个笼里，也不像昨天那样吵闹了。两只鸟的头钻到一只鸟的身子里，三只鸟团在一处睡了。他也睡了，鸟笼子就放在枕边。

　　可次日醒来一看，两只小鸟像温暖的绒线球一样睡着，栖木下笼底的另一只却半张着翅膀伸着腿，微微地睁着眼睛死去了。他悄悄地把这只死鸟扔到了垃圾箱里，对女佣也没说，好像生怕让那两只活着的鸟看见似的。他觉得，这简直是残忍的屠杀。

　　他三番五次地察看鸟笼，想确认究竟是哪只鸟死了。出乎意料的是，活下来的像是那只旧雌鸟。与前天送来的雌鸟相比，他更喜欢这只养熟了的雌鸟。莫非是自己的偏爱所致？他虽是个没有家眷的单身汉，却憎恨自己的这种偏爱。

"如果懂得爱情的差别，找个情投意合的女人啊。何必要与动物相依为命呢？"

据说戴菊的体格弱，易殒命。可是后来，他的这两只却十分健康。

不能外出的季节迫近。在买到禁猎的伯劳鸟雏鸟之前，他要为山里弄来的各种雏鸟准备饵食。这天，他把脸盆放到廊檐下让小鸟洗澡，藤树花飘落下来，落在了盆中。

他听着小鸟拍打翅膀的水声清扫鸟粪。这时，墙外传来小孩的喧闹声，听着像是为一个小动物的生命担忧。他想，可能是自家的硬毛猎狐狗崽跑出去找不到家了吧。他跷脚往墙外看看，原来是一只云雀的雏鸟，腿还站不起来，正用那软弱无力的翅膀在垃圾堆上爬来爬去。突然他灵机一动——该拿来喂养。

"怎么啦？"

"对面那家人……"

一个小学生指指长满浓绿桐树的人家。

"他们家扔的，会死的。"

"嗯，会死的。"

他表情冷淡地离开了墙头。

那家养着三四只云雀。大概是怕小雏鸟发育不良，将来不会鸣叫，这才扔掉的。转瞬间，他又打消了慈悲心肠——

心想，就是把这种糟鸟捡回来也没用。

雏鸟中有些分不清雌雄。鸟商总是从山里连窝端把小鸟拿回来。可是一旦认准是雌鸟，马上就扔掉。不会鸣叫的雌鸟是卖不出去的。所谓喜爱动物，就是玩赏一阵子后，又去追求更好的品种。自然，抛弃劣种的冷酷心肠根深蒂固。他这人的癖好却是不管什么动物一见就喜欢。他也深知，这种轻浮的性格就等于薄情。他还认为，这样做会导致自己的生活态度走向堕落。如今，不管是名狗还是名鸟，只要是别人养大的，就是别人恳求他、白送给他，他也不愿意喂养。

他这个孤独的人有一种离奇的想法，认为人是可恶的。为什么只要是夫妻关系或父子、兄弟姊妹关系，就得无可奈何地生活在一起？毫无疑问，每个人都有每个人的个性。

此外，把动物的生命、生态当作玩偶，把某个理想的模式定为标准，加以人工的、畸形的喂养，他认为这是一种可悲的纯真，却又感到神仙般的快活。他冷笑着宽恕那些一味追求良种的残酷的动物保护者，认为他们是这个世界或人类的悲剧性的象征。

去年十一月，一天傍晚，一个患肾病、像个干枯萎缩的柑橘似的狗贩顺路来到他家，说：

"刚才，我做了件蠢事。进公园之后，我就把狗链子松开了。雾气很大，四周一片漆黑，伸手不见五指。就在这时，跑过来一条野狗扑在我的牝犬身上。我急忙驱赶，且照着我的牝犬肚子猛踢，踢得它伸不直腿挺不起腰。当时，我那牝犬竟然乖乖地不动。万万没料到结果竟然如此，实在叫人啼笑皆非。"

"真没出息，亏你是个买卖人！"

"唉！真丢脸，这事不好对别人讲。我真蠢！一眨眼工夫，就损失了四五百日元啊。"狗贩抽动着发黄的嘴唇。

那条精悍的德国种军犬没出息地缩着脖子，怯生生地仰望着肾病患者。此时雾气又弥漫过来。

有他的帮助，这条狗自然卖得出去。不过他警告说，到了买主家，若是生了杂种，那可有损他的脸面。尽管如此，狗贩子看来缺钱，没过几天，也没让他看狗，就经他介绍卖掉了。不出所料，两三天后买主把狗带了回来，说是在买去的第二天夜里产下了死胎。

"女佣听到一种痛苦的呻吟，打开雨窗一看，像是牝犬在过廊地板上吃刚生下的狗崽。她吓得毛骨悚然，加上当时天还没亮，朦胧中看不清楚。看样子是下了一窝崽子。女佣看到的是在吃最后生的一个。她马上呼叫兽医。看来，狗贩不会一声不吭地卖掉怀有狗崽的牝犬，准是遇上了野狗什么的，狗贩狠狠地踢打之后，不得已卖掉了。下崽的样子也非同寻常，说不定这狗一直就有吃狗崽的毛病。家里人气愤不已，都说既然如此，必须给他退回去！遭到此番虐待的下崽狗真是可怜啊。"

"我看看。"

他漫不经心地把狗抱起来，摆弄着狗的奶头。

"这奶头喂过狗崽的啊。这次是死胎，所以才吃掉……"

狗贩的缺德令之气愤，他可怜这条狗，却面无表情地说。

他家的狗也曾生过杂种狗。

外出旅行，他也拒绝与男同伴睡在一个房间。他非常讨厌家里留宿男人，学仆①也不行。不过这种情绪无关乎男人的抑郁。养狗也是一样，他同样只是喂养牝犬。若非优良的公犬，他不会用作种狗。购买种狗要花钱，还得像活动家似的到处宣传。一句话，人气的盛衰风云难料。卷入买狗的竞争则像是赌博。他去过一个狗贩的家，看了非常有名的日本种狗。那狗整日赖在二楼的被窝里。只要把它抱下来，就习惯性地以为来了牝犬，活像一个老练的娼妇。它的毛短，异常发达的器官裸露在外，可怕得不忍目睹。

但他并非因此不养公狗，而是因为他最喜欢看牝犬分娩和养育狗崽。

那是一条奇怪的波士顿小猎狗。它刨墙根、咬竹篱，交配期便被拴了起来。可它也许是咬断了绳子，跑出去生了杂种狗崽。当时女佣喊他，他像个医生似的立即睁开眼睛说：

"把剪刀和脱脂棉拿出来。快！快把洒水桶的绳子剪断！"

院里的土地唯有初冬的朝阳处是淡淡的新色。这一天，牝犬卧在院子里，茄子般的胎盘从肚子里露出了头。狗没缘由地对他微微地摇摇尾巴，诉苦似的抬头看看。这时，他突

①学仆：旧时日本有些清贫男学生寄宿人家，代为照料家务等，叫作学仆。

然感觉自己受到了道德上的苛责。

这条牝犬是第一次生产，身体尚未发育完全。因而从它的眼神来看，它还不懂分娩的实感。

"自己的身体究竟出了什么问题？虽然还无从知晓，却似乎事情棘手。怎么办好呢？"它羞怯地这样想，却又天真地全由他人处置，对自己的所为感觉不到任何责任。

所以他想起了十四年前的千花子。那时，她把自己的身子卖给他时，也是与这条牝犬如出一辙的表情。

"听说一做这种生意，就渐渐失去了感觉，真的吗？"

"可也是啊。不过遇上自己喜欢的人例外。可是，若说只跟两三个固定的人交往，就不能说是做生意。"

"我就非常喜欢你。"

"那有什么用？"

"怎么会呢？"

"不信走着瞧……"

"娶媳妇时自然会知道。"

"这我知道呢。"

"你是怎么办的？"

"你夫人是怎么办的呢？"

"嗨。"

"教教我嘛。"

"我还没有娶妻啊。"

他奇怪地注视着女人正经八百的面孔。

"和这条狗很相似,真不好意思。"

他抱起狗,放到了产箱里。

牝犬很快就娩出了胎盘,似乎不知道如何应对。他用剪刀剪开胎盘,又剪断脐带。第二个胎盘较大,双胞胎,两个胎儿挤在蓝色浑浊的羊水中,呈出死色。他麻利地用报纸把它们包了起来。接着产出第三条。全有胎盘。第七胎——最后一个胎儿在胎盘里蠕动,却干瘪瘪的。他瞅了一眼,同样敏捷地用报纸连胎盘包上,并说:

"把它扔出去吧。在西洋,生下的胎儿是要被挑选的,发育不好的要被杀死。这种做法才能培育出良种狗。日本人重人情,做不到的。快,先给牝狗喝点生鸡蛋吧。"

他洗过手,又钻进了被窝。心里充满了生机勃勃的新生命诞生的喜悦。他想到街上转转。他早把自己杀死一条狗崽的事忘得一干二净。

可是早晨,他眯缝着眼睛刚醒,就得知又死了一条狗崽。他把这条死狗崽捡起来放到怀里,早晨散步时顺便扔掉了。两三天后,又一条狗崽变得冰凉。牝犬为了搭建窝铺,翻弄出稻草把狗崽埋在草里。小狗崽竟没有足够的气力翻开稻草爬出来。母狗也没有把孩子叼出草堆。非但没有叼出,自己反而睡在下有狗崽的稻草上。结果到了夜里,有的被压死,有的被冻死,还有让乳房压着窒息的,简直跟人类中的傻瓜母亲如出一辙。

"又死啦!"

他漫不经心地把第三条死狗放到怀里，吹口哨把狗群叫到跟前，一起去了附近的公园。这条波士顿狗杀死了自己的孩子却浑然不知，四处乱跑。看到这条狗，他又突然想起了千花子。

千花子十九岁那年，被一个投机家带去中国哈尔滨待了三年，跟一个白俄学习跳舞。那个投机家事业受挫，失去了生活能力，就让千花子加入一个巡回演出音乐团，两人辗转好歹返回了日本内地。回东京后没多久，千花子就抛弃了那个投机家，与在中国演出时的同伴演奏师结婚了。后来在日本各地演出，还举办了个人专场舞会。

那时的他也是与乐坛有关的人士。与其说懂音乐，不如说只是每月给一个音乐杂志出资而已。但他常常参加音乐会，目的是和熟人闲聊。他也看过千花子的舞蹈，被那野蛮而颓废的肉体吸引。他把当时的千花子与六七年前的千花子比较，令人不可思议的是，不知是什么秘密使之复苏出这般野性。他也在琢磨，为什么当初没跟她结婚呢？

不过第四次舞会专场时，她肉体的力量顿失。他兴致勃勃地赶到化妆室，当时千花子还穿着舞衣，正在卸妆。他不管三七二十一，扯着她的袖子，把她拉到微暗的舞台后面。

"请放开我，碰一下乳房都疼。"

"你疯了吗？为什么干那种蠢事？"

"可是，我一直喜欢孩子，确实想要个自己的孩子呀。"

"养个孩子？你一个艺人，如何弄得了女人那些破事儿？

有了孩子，今后怎么办？赶快醒醒吧你！"

"可我也是迫不得已呀。"

"胡说！一个女艺人事事当真，还能干什么？你那丈夫怎么想的？"

"他很喜欢孩子的。"

"哼。"

"以前我干那种生意时，有了孩子，也很高兴的。"

"那就别跳舞了，行吗？"

"讨厌！"

她的声调变得格外激越，他便默不作声了。

不过千花子没生第二胎，生下的孩子也不在身边。或许亦因如此，他们的夫妻生活像是渐趋暗淡，不再和睦。他也听到了这种传闻。

她不像这条波士顿狗，千花子对自己的孩子过度上心。

对于狗崽，他想帮就可以帮上一把。第一条狗崽被压死后，他就把稻草剁得更碎一些，或者在草上铺上布，以避免其他狗崽的死亡。这一点他是清楚的。但最后剩下的一条狗崽，不久也同它的三个兄弟一样死去了。他并不认为狗崽死掉更好，也不认为非要养活它们。他之所以对那些狗崽如此冷淡，大概是因为它们都是杂种。

时常有路边的野狗跟着他走很长一段路，他跟它们说着话往家走，给它们食物，让它们睡在温暖的床上。他感到庆幸，那些狗懂得他的慈悲心。可自从喂养了自己的狗，他就再也不看那些路上的杂狗了。人也完全一样。他轻蔑世间的家庭，也嘲弄自己的孤独。

对待云雀雏鸟也是如此。他明白捡回那只废鸟是徒劳，养活它的佛心即刻烟消云散了，任凭孩子们去玩弄虐杀。

就在他看云雀雏鸟的短暂时间，他的戴菊却已水浴了太久。

他慌忙把湿笼从盆里拿出来，可两只鸟都倒在笼底不动了，就像两块弄湿的破布。放在手掌上，鸟腿微微地抽搐了一下，他便重新振奋了精神。

"幸好，幸好还活着。"

小鸟闭着眼睛，小小的身体已凉透，看样子没救了。他把小鸟握在手里，在长火盆上烤，并让女佣往新加的木炭上扇风。羽毛发出了热气，小鸟又痉挛般地抽动了一下。他觉得灼烧身体的热能令人惊诧，可以变成战胜死亡的力量，但他的手被火烤得不堪忍受。他在湿鸟笼底下铺上毛巾，把小鸟放在毛巾上用火来烤。毛巾都被烤成黄褐色了。小鸟虽时而"啪嗒啪嗒"地张开翅膀，却仍旧闭着眼睛站不起来。羽毛是完全干了，但一离开火盆就又倒下不动了，看来是活不成了。女佣去喂养云雀的那家请教，说是小鸟衰弱不堪时最好喂点儿粗茶，再用棉花包起来。他两手捧着用脱脂棉包好的小鸟，等粗茶凉了便往小鸟嘴里喂。小鸟喝了。又过了一会儿，当他把小鸟送到鸟食跟前时，它又伸出头来开始啄食。

"啊，活啦！"

他欣喜万分，神清气爽！看看钟表，已过去四个半小时，小鸟的命总算救了回来。

两只戴菊想站上栖木，可上去就掉下来。看来是脚趾分不开了。他抓住小鸟用手指摸摸，原来脚趾已僵硬得缩在一起，就像细细的枯枝容易被折断。

"老爷，是不是刚才用火烤的呀？"

女佣一问，他才发现小鸟的脚已变得干巴巴的，心想——完蛋啦！他继而气恼地说：

"我手捧着的时候，可是放在毛巾上的，那怎么会烧坏鸟脚呢？明天还是这个样子，怎么办才好？去帮我问问鸟商吧。"

他锁上了书斋的门，自己闷坐在屋里，把小鸟的两只脚放在嘴里温暖。舌尖一触及鸟脚，他就要流下哀怜的眼泪。一会儿，他手心的汗濡湿了小鸟的羽翅。经唾液湿润，小鸟的脚趾也柔软了一些。粗手粗脚地一碰，小鸟的脆脚就有被折断的危险。他先小心翼翼地掰开小鸟的脚趾，让小鸟试着抓握自己的小指，然后又把小鸟的脚含在嘴里。他取下栖木，把小碟中的饵食撒在了笼底，可小鸟还是无法以不自由的脚站起来吃食。

第二天，女佣从鸟商那里回来了。

"鸟贩也说：'是你家老爷把小鸟的脚烤焦了。'"她又说，"鸟贩还说：'用粗茶水给小鸟暖暖脚就行啦。大概鸟会自己用嘴啄好的。'"

果不其然，小鸟不断地用喙啄自己的脚趾，衔住了使劲拉扯。

"脚啊，你怎么啦？振作起来！"

小鸟像啄木鸟似的精神抖擞地啄脚。它想毅然决然地用不自由的脚站立，好像还在说——奇怪！身体的一个部位怎么会坏呢？小鸟这种生命的乐观精神使他真想大声地鼓励。

他把小鸟的脚浸在粗茶水里。看来，还是放在人的嘴里效果好。

这两只戴菊一直怕人，此前用手一抓，它们就胸口一鼓一鼓地极度不安。可脚痛的这一两天，它们好像已习惯了待在他的掌上。非但不胆怯，反而快乐地鸣叫，还让他手捧着进食，真是让人怜爱得要命。

然而他的护理并无效果，它们懒得动弹，小鸟干缩的脚趾上沾满了鸟粪，第六天早晨，戴菊夫妇相伴故去了。

小鸟的死出乎意料。早晨在鸟笼里发现了它们意想不到的尸骸。

他家里，最先死掉的是红雀。夜间，那对红雀相继被老鼠咬掉尾巴，鲜血染红了笼底。第二天，雄鸟便死了。不知为何，雌鸟先后迎来的雄性伴侣都死了，而雌鸟的屁股红得像猴屁股似的，却活了好长时间，后来是衰老死掉的。

"我家好像养不活红雀，不养红雀了。"

本来，他讨厌红雀这类少女喜欢的鸟。比之西方吃撒食儿的鸟，他更喜欢吃碎食儿的文雅的日本鸟。至于什么金丝鸟、黄莺、云雀之类鸣啭悦耳的鸟，他都不称心。他之所以喂养红雀，只是因贩小鸟的白送给了他。一只死后，他又接着买了几只。

狗也是一样。例如他喂过一次柯利犬，就觉得在他家没有这种狗不行。憧憬母亲一样的女性，爱慕初恋那般的姑娘，希望与死去的妻子肖似的女人再婚。这些莫非同理？他不再喂养红雀了，他伴着动物生活，是想使自己极端的、自由傲慢的心绪沉寂下来。

红雀死后，黄鹡鸰又死了，它腰后部是黄绿色的，优美淡雅的姿态富有稀疏竹林的风趣。特别是养熟后胃口不好时，他就把鸟食放在手指上，小鸟会半张开羽翅愉快地颤动，可爱地鸣啭、高兴地啄食，有时甚至会调皮地啄他脸上的黑痣。可是有一次让它在客厅里嬉戏，它却贪吃带盐的煎饼渣胀死了。他曾想着再去买只新的，最终却打消了念头，把以前从未养过的嘤鸲放到了空笼里。

不过戴菊之死，完全是他的过失。先是放水溺个半死，后又把脚烤坏。正因如此，他反倒依恋不舍。鸟贩很快给他弄来一对新的。这对鸟娇小玲珑。他这次是守在水盆边上看着小鸟水浴，不料却是完全一样的结果。

他从水盆里提出鸟笼时，小鸟浑身哆嗦着紧闭双眼。好在还能双足站立，这比上次好多了。他小心翼翼地决心不再烤坏小鸟的脚。

"又出事啦，快生火！"

他镇静自若却心中愧疚。

"老爷，您就让它们死了吧。"

他目瞪口呆，吃了一惊。

"胡说！有上次的经验，我能救活它们……"

"救过来，也没活多长时间呀。我看，上次别管它们的脚，让它们早点儿死掉的更好。"

"还是能救活的呀……"

"让它们死掉更好呀。"

"是吗？"

他马上产生了神志恍惚的感觉，肉体仿佛也衰老了。他默默上楼走进了二楼的书斋，把鸟笼放在日光直射的窗台，呆呆地望着戴菊死去。

他心里祈祷，也许日光的力量会拯救它们。然而他总感到异常悲伤，仿佛沮丧地望着自己的惨状。这次没能像上次那样兴师动众地抢救小鸟。

小鸟要断气了，他把湿淋淋的尸体从鸟笼中取出，在手上放了一会儿，然后又放回鸟笼，连笼子一块扔在了壁橱里。他走下楼梯，冷冷地对女佣说：

"死啦。"

戴菊个小体弱，容易夭折。可那些身体同样弱小的长尾山雀、鹪鹩、煤山雀等小鸟，在他家却都活得健康。他认为两度水浴杀死小鸟乃是因缘关系，例如家里死过一只红雀，就很难养活红雀了。

"戴菊和咱们没缘分啊!"

他笑着对女佣说,说完躺在客厅,任小狗崽们揪扯他的头发。他从并排摆着的十六七个鸟笼中,挑出一笼鸥鹎拿到书斋去了。

鸥鹎一看见他的脸,就怒目圆睁,缩起的脖子频频转动,喋喋不休地鸣叫着呼哧。他看着鸥鹎时,它绝不吃东西。他用手指夹着肉片接近时,它就愤然地咬住肉片,但一直叼在嘴上不吞下去。他曾彻夜不眠地跟它较劲儿。他只要站在鸟笼旁,这只鸟就一动不动,鸟食都不看一眼。但天将放亮时,到底肚子空了,就能听到它在栖木上朝饵食横向移动的足音。他回头一看,鸥鹎就把头上的毛紧收在头皮上,眯着眼又一副极其阴险狡猾的样子。鸟头已伸向了鸟食方向,却又突然昂起头,凶巴巴地对着他呼哧,还一副若无其事的表情。于是他把脸转向了别处,便又听见了鸥鹎的足音。双方的视线一相交,它就再度离开食物。就在他和鸥鹎反复实验时,伯劳喧闹地唱出了早晨的欢喜。

他并不憎恨鸥鹎,只是感到愉快和慰藉。

"我在寻找是否有这种性格的女佣。"

"嗯,你倒蛮有谦让精神啊。"

他露出厌烦的神情,视线从朋友身上挪到别处。

"叽叽、叽叽……"他呼唤着旁边的伯劳。

"叽叽叽叽叽叽叽叽。"伯劳高声应答,好像要吹散周围的一切。

伯劳跟鸥鹘一样同属猛禽，但它尚未失去对投饵者的亲切感，跟前跟后活像一个娇媚的小妮儿。无论是他外出归来的脚步声还是他的咳嗽声，它一听见就会唱和。一出鸟笼，它就飞到他的肩上或膝上，兴高采烈地振翅。

他把这只伯劳放在枕边代替闹钟。早晨天一亮，只要他翻个身，手一活动或摆摆枕头，它便会撒娇般地"喊、喊，喊、喊"地鸣叫。哪怕是咽口唾沫，它也会应答般地"叽叽叽叽叽……"

随后，它会凶猛地呼唤他。这呼唤声酣畅淋漓，仿佛是划破生命中凌晨的闪电。伯劳与他几度呼应之后，他完全清醒过来。伯劳便开始静静地模仿各种小鸟的鸣啭。

伯劳最早使他有了"今日吉祥如意"的感受。鸟啼声声，各种小鸟竞相学着伯劳鸣叫。他穿着睡衣，用手指沾出饵食，空腹的伯劳迅疾咬住不放。他则感受到一种爱情。

外出旅行，哪怕只住一宿，也会梦见家里的动物半夜醒来，所以他几乎不会离家。这也许是他的痼疾。就是省亲访友、上街购物，若是他自己前往，也会感觉无聊，于是中途折返。没有女人的时候，他就与小女佣一块儿出门。

观赏千花子的舞蹈，他会让小女佣提上花篮同行。这样才不至于说"算了，回去吧"而中途折返。

这晚的舞会是一家新闻社举办的，听说是十四五个女舞蹈家竞演。他已有两年没看千花子的舞蹈了。他不忍看她的舞的堕落。她野蛮力量的残迹不过是一种俗恶的媚态。舞蹈的基本形态连同她肉体的张力都荡然无存了。

司机说了一番吉利话，但遇上送殡的，加之家里还有戴菊夫妇的尸体，他只能托词不吉，让小女佣把花篮送到了后台。但千花子执意要见他。他却说先要看舞蹈，不便细谈。于是他在休息时间混进了化妆室。在门口他惊呆了，赶忙把身子藏到了门后。

千花子竟让一个年轻的男子给她化妆。

她脸上煞白，静静地闭着眼睛，脖颈微仰前伸，一动不动，完全是一副任人摆布的模样儿。她还未及勾画嘴唇、眉毛和眼睑，因此，看上去像个没有生命的人偶，简直是一张死人的脸。

约莫在十年以前，他曾想跟千花子一起殉情。那时他每天"想死、想死"不离口，但并没有非死不可的理由。他总是孤独地伴着动物度日，想死的念头不过是浮在那般生活上的泡沫花。那时的他认为，千花子是最好的殉情伴侣。她总是痴痴地寄希望于他人，认为有人能从外界给她带来此生的希望，同时她当时的生活不是她所祈望的生活。千花子果然天真地同意了殉情——带着懵懂的表情，仿佛并不知晓自己行为的意义，但她提出了一个要求：

"把我的脚紧紧捆上，脚会把衣襟弄得乱七八糟……"

他用细带子捆她的脚时，女人的美足令之惊叹不已。

"别人也会说，那家伙竟和如此美丽的女人一起死了！"

她背过脸睡觉时，无心地闭起眼睛，微微地伸着脖子，双手合掌。虚无的感怀闪电般地打动了他的心。

"啊啊，不该这样死。"

当然，他既不想死，也不想杀人。他也不知道千花子是真心还是儿戏。她那表情既不像真心，又不像儿戏。那是盛夏的午后发生的事情。

然而他受惊不小。之后再没梦见过自杀，也不再有"想死"的口头禅。他的心里有了很大的回响——"无论何时何地，永远要感谢这个女人"。

让年轻男人给她化妆的千花子使他想起了昔日她合掌时的面容。这就是刚才上汽车时浮现在他脑际的白日梦。即使在夜晚，每当他想起这个千花子，就会产生一种错觉——犹若盛夏白昼耀眼的光芒包围了自己。

"既然如此，为什么自己又要急忙藏到了门背后呢？"

他自言自语，嘟哝着沿走廊回返。这时一个男人亲切地招呼，他却一会儿半会儿认不出来。对方异常兴奋地说：

"到底不一般啊！大家一起炫舞，千花子显然一枝独秀啊！"

"啊啊！"

他想起来了。这就是千花子那个伴奏的丈夫。

"近来可好？"

"哎呀，本想去拜访您的，可是去年年底我们离婚了。不管怎么说，千花子的舞蹈真是出类拔萃啊。太棒了！"

他听着真是心里憋屈。怎么自己连一点甜蜜的回想都找不到呢？突然间，他的脑海里浮现出一句箴言。

正巧他怀揣着一个十六岁死去的少女的遗稿集。阅读少男少女的文章是他近时最大的乐趣。那位十六岁少女的母亲好像给女儿的遗容化了妆，她在女儿死去那天的日记结尾写了一句话：

"降生初次化了妆的脸，恰似新娘。"

（魏大海　译）

女人的梦

三十六岁的久原健一突然结婚了。

健一并不标榜独身主义，正经找了介绍人，所以与什么"突然"不搭界，但至少对他的朋友来说，这婚结得有些意外。或许还有一个原因，对方小姐的条件太好了。

有的朋友竟悔不当初，觉得结婚太早了啊。朋友们不禁对久原刮目相看：这小子城府够深的啊！外面风言风语：这小子用娇妻的陪嫁就能开业啦。同是开业，久原一开始就会拥有一家大医院。甚至有人说，那小子盯着要当母校的教授呢。总之，奇妙的是，这场婚姻使久原一下子成为引人注目的存在。

久原自牙医学校毕业后，做了综合医科大学的助手。一边镶牙一边做临床实习，当然也是为了获取学位。他较早通过了论文答辩，其后一直留在研究室。久而久之，他忘记了牙科的临床和开业，像是转身变成了病理学家。

他老大岁数了不结婚，在一般人眼里显得怪僻。牙科的一些老朋友觉得他难以交往——那小子最近怎么总是一副学者派头？因而多少有了隔阂。

不知为何，这次结婚让久原的人气大涨。他自己也颇觉意外。老朋友来访时的寒暄也跟以往大相径庭。携妻子治子走在街上，人们回头张望久原的眼神就像看见了一位大人物。

久原惊讶：结婚竟有这般效果？今后有形无形不知还有哪般影响？他觉得不单是因为治子的美貌，还有她与生俱来的福分呢。他明白不能有悖德之举以损害治子天生的美德。

久原的朋友们都感觉诧异：治子这样的女孩儿竟会剩下来。她二十七岁，可看着仅有二十三四的样子。

"这世上还真有埋没的宝贝啊。我也想去探宝呢。"

对这些羡慕而略带着讥讽的言语，久原只是淡然一笑，一副得来全不费工夫的模样儿。而治子误延婚期的原因他跟谁也不说。

久原不禁想起介绍人云山雾罩的异样说法。

"后来，小姐在不知情的情况下，三番五次地被迫相亲。男方啊，哪个不是翘首以盼的啊？……"

但治子早已拿定了主意不结婚。当父母明白哄骗式的相亲无用时，便偃旗息鼓了。三四年里，他们再也不跟女儿说相亲之事。

介绍人却说，久原的情况不同。

这次，安排他们在小剧场里偶遇，由母亲把久原介绍给治子，说是她在大学医院的主治医师。当然，这还是之前屡试不爽的老套路。这次治子并不像四五年前那样断然拒斥。

父母欣喜得像暗夜盼来黎明。

治子却说想跟久原说说那件事情。

就是说，有一位青年因治子失恋而离世。

真是孩童过家家式的狂言自杀，不过是单相思罢了。介绍人尽量说成了轻松的笑谈。

不管怎么说，久原真的吃惊——因为那件事，治子这样完美的姑娘竟然虚度了青春年华。

久原的回答当然也是套话："早先那种纯情的……岂不更好?"想必之前也有相亲的对象同样应答。

"没错啊。幸亏您这样理解……"介绍人俯首施礼。

"若是在从前，小姐就是没有罪责，恐怕也得入尼姑庵做尼姑了。"

反正久原想听治子直接说说那个青年。他并不打算做什么，他心里已认定了这门亲事。况且到了这个年龄，什么也不说才像男子汉。让那样出色的小姐告白过去，倒也是一件乐事。

◆ ◆ ◆ ◆

治子家，结婚前父母允许孩子自由交往。女儿已二十七岁，主动去见结婚对象对他们来说求之不得。

而且，若是跟久原的相亲也不成，治子岂不真的成了剩女、老姑娘？这种不安使父母变得诚惶诚恐。

然而不知什么缘由，久原一开始就折服于治子的典雅气质，结果没顾上打探那位纯情的青年。

"治子总不结婚的原因，听媒人说了几句……"

久原提起话头，治子却只是点了点头。

她一脸认真，眼睑发红，像是等待机会应对这样的话题，随之是一脸孩子般的表情，久原一见便收住了话头……

"我说，我们……我们有希望做个朋友吗？或许可以换个心情……"

他结结巴巴地来了这么一句。

"我也说不准。没准儿您是医生……"

"医生？……"

治子孩子般的应答让久原哑然，甚至觉得有点儿捉弄人。

"有道理，医生没准儿合适呢。从医生的角度看，治子一直害怕结婚，不过是一种病态精神的表现。不过这只是极度轻症，容易治愈……"

久原顺势说道。

可治子像是沉浸在自己的思绪中，并不觉得久原的话带有讽刺意味。

久原却产生了一点疑虑：莫非治子有点偏执狂？会不会是个白痴啊？

当然他也非常清楚，一次又一次的相亲失败，肯定在治子的心里留下了太深的伤痕。

他明白必须更加贴心地安慰治子，打开她的心结，使之自然地言及纯情青年。

久原反复表示，完全不介意治子的过去，希望在心病祛除后与之结婚。若是沉重的负担，也是两人分担更好。堵塞在心中的病菌，吐掉、泻掉或洗涤干净就行了呀。

"嗯。"

治子点点头。

"我是想统统说出来的啊。请您允许我以后再谈……"

"我并不想让小姐继续纠结啊，只是希望治子小姐一吐为快……"

"嗯，可是……"

治子用认真的目光盯视久原，突然羞赧地低下头去。

"我很任性，久原先生先说吧……"

"先说？……我先说？……"

治子点点头，肩膀微微地颤抖。

久原慌了，好像突然被绊了一下……

"我说什么呀？"

"咦？"

治子的反应更加惊奇。

"我说，是我要……求得先生原谅啊。可是您得先说点儿什么，否则我于心不安，不敢说啊。"

"我没什么要说的啊。"

治子自然一副不信的神态。

奇怪的是，这话连久原自己都觉得苍白。

"真的没有啊。"

越强调越显得奇怪。

"久原先生王顾左右而言他吗？我也没法讲了。难办啊……"

治子像是顿时关闭了心扉。

"我感觉永远是自己一个人在面对悲哀……"

那日，两人郁郁而别。

回想起来，治子的抗议不无缘由。

治子想必认为：一个没什么缺点的男士三十六岁还独身，怎么可能没有一两个女人？治子只是按常识判断，兴许还有一点超出常识的想象。既然久原知道有个青年为治子自杀了，那么既然要与治子结婚，就该彼此告白痛苦的经历。久原自己为何三十六岁还躲避婚姻？

治子有了结婚的想法，或在寻求同病相怜者相互的慰藉和谅解。

不管怎么说，只想听治子一方的告白，显然是随心所欲的一厢情愿。

因此，治子希望男方先说，久原却产生了乘虚而入的兀然感。

久原本非少年处男。然而要结婚，迄今却没有一个使之留恋或心中有愧的女人。

久原并不是天生讨厌女性，亦未患有女色恐惧症。或许只能说，他非常奇怪地没有女人运。

可到了男大当婚、女大当嫁的年龄，总也没有女人，不知不觉便会影响他的性格，女人也会避之而唯恐不及。不知不觉，他也就成为只属于研究室的人了。

正因如此，他与治子结婚才在朋友圈里让人感到意外。

久原自己独身惯了，倒不觉得寂寞。如今看来，自己并非没有女人运，最后竟大福红运地娶到了治子，且因治子的突然袭击，久原也开始回顾自己的过去。

该向治子告白些什么？没什么可说的。久原还以此为荣，暗自欣喜，但这种幸福的感觉未能坦率地告诉治子。这难道不是自己的不道德吗？就是说，自己缺少的是诚实的心。

也就是说，在自己平日的生存方式中还有不够真诚的地方。

这样反省过后，他便理解了治子的疑虑。她不相信自己是理所当然的。他心里暗自感觉自己好笑。

如果说自己告白之前，治子不告白，那么，不妨就煞有其事地给她讲一个虚构的恋爱故事。

◆ ◆ ◆ ◆

托治子的福，久原沉浸在恋爱的空想之中。他苦思冥想、挖空心思，想到了幼时的女伴、医院的女患者乃至护士。所有认识的女人的身影都在他的脑子里过了一遍。

无聊的游戏。把相亲对象治子搁置一旁，这杜撰更显得空虚无聊。

但他到底未能以一个无聊的杜撰故事引出治子的告白。

后来虽听说了为治子自杀的青年的故事，却感觉味同嚼蜡。

青年与治子是相差两岁的堂兄妹，幼时住得很近。堂兄之父是地方长官。离开东京后，两人一直通信。寒暑假中，他们在滑雪场和海水浴场度过了愉快的时光。而上了高中，堂兄的来信就变成了感伤的情书。考入东京高等学校后，堂兄上学住到了治子家，终于向治子求爱。治子断然拒绝，说堂兄妹不能通婚。这年冬天，堂兄不顾暴风雪，独自去滑雪，结果掉进了山谷。虽施救及时，但他胸部受伤，患肋膜病进了疗养所，后在疗养所自杀身死，还留下了长长的一封遗书——《致治子》，其中的一部分还上了报纸。死在医院还好，可他是从海岸悬崖投海自杀的。医院把责任推得一干二净，连遗书也拿给新闻记者看，公开了其失恋自杀的情节。

"那时治子多大了啊？"

久原不知如何应对，过了会儿问道。

毫不出彩的情节，久原反而怀疑是编造的。这种新闻报道让人有种似曾相识的感觉。

不过，所有的恋爱光听情节，多少总会有点儿平凡的感觉。

其实，久原的期待才是一种病态的妄想。在他的期待中，害得治子这样的小姐过龄不婚，必须有异常的悲剧缘由。

而要打击一位姑娘的心，平凡的情节就足够了。

与瞬间燃烧的热恋不同，这对堂兄妹积累了多年的美好回忆。

"治子小姐是爱着他的吧?"久原问道。

治子老实地点了点头。

"嗯，事后想起来……不过，那是孩童过家家。"

"堂兄妹发生了这等不幸，双方家长也不好办吧?"久原明知故问。

治子却一脸认真地答道:

"叔叔婶婶不会责难我……"

"那你就该尽那无用的情义吗?"

"情义? ……嗯，或许是情义?"

但这并非治子真正的告白。

堂兄是在治子十九岁的时候过世的。两年后有过相亲，治子很主动，谈得还算顺利，可对方一听说堂兄是自杀，顿时成了缩头乌龟。

这一次相亲失败，比堂兄的死给治子的打击还大。

治子痛切地感到自己成了不能结婚的姑娘。或许也是因为，相亲中她曾真心地爱过一个名叫片桐的男子。

治子最初爱上的或许并非堂兄，而是片桐。也许是因为爱过片桐，才会误以为也爱堂兄。

其后的相亲又因堂兄的死而告吹。治子一定是怕了，但她的内心或许还在等待着片桐。

片桐家正式回绝后没过多久，治子和片桐又曾有过一次幽会。片桐说一定要说服父母与她结婚。

治子没想对久原隐瞒片桐的事。只要久原问起，她就会和盘托出。

但久原只问了堂兄的事，就摆出一副治子的告白已经完结的模样。治子见状便沉默不语了。

当然，片桐的事，治子也难于启齿。就在跟久原交往期间，治子获知片桐早与别的女人结婚了。她产生了屈辱感。

◇ ◇ ◇ ◇

与久原婚后的第二晚，在新婚旅行的旅馆里，治子梦见了死去的堂兄。

地点是堂兄农村的老家呢，还是治子娘家，她记不清楚了。治子进屋后，桌旁的堂兄突然回过头，她吓了一跳站住，回过神来发现自己近乎全裸。治子也被自己的喊声惊醒。

由于无以言表的羞赧，她满脸涨红。

逼人的寒气令治子抓住了久原的衣袖。念及堂兄之死，她异常惊恐地喃喃自语：

"请原谅我……"

随即浑身颤抖着靠紧了丈夫。

这天夜里，她觉得结婚就是对堂兄的犯罪，以后再想起来，仍感觉那是一个极端不贞的梦。

然而，不妨说堂兄和片桐在梦中亦渐渐地淡化，犹若远处的身影消失了。晚婚开出了大大的花朵，治子将青春的蓄积毫无保留地给了久原。

"像我们这样在找到真爱前耐心等待的人，会有自然的恩惠呢。"

久原这么一说，治子便忘却了过去的那般回忆。

相反，治子的美德充分显现，这个新家庭会有洪福和佳运的。

有一天，久原若无其事地说：

"我说，堂兄的遗书，行文有点儿怪异呢……"

"是呀，你这么一说，我也觉得有点儿怪异呢。"

治子带着轻松的心情答道。

"真的有点儿怪呢。其实堂兄所在的那家疗养所里，有我一个朋友的朋友。我请他调查了，据说堂兄患有严重的神经衰弱。那种病症看病名也会明白，就像一只脚踩入了精神病呢。所以，似乎跟喜欢治子失恋自杀没有关联呢，主要是肺病引致悲观情绪，加之精神出了毛病。堂兄就是那种类型啊。治子是没有责任的。"

"啊？你什么时候调查的？"

"很久以前了。"

"那怎么不早点儿告诉我？心眼儿不好……"

治子爽朗地仰视着丈夫。一个闪念掠过脑际——倘若早点儿知道，没准儿就跟片桐结婚了。

治子惊异于自己的这一闪念。她面带悲切的微笑，试图掩饰心中的慌乱。久原却得意地说：

"我们结婚，多亏了精神病哪。"

"是吧。"

"治子认真烦恼过，辛苦了。我尊重你的感受……"

从此，治子便会尽量美好地回忆故去的堂兄。眼前，夏日的大海与冬季的雪山又展现在眼前。

然而，治子心中的天惠之福好像也没了踪迹。

（魏大海　译）

重　逢

厚木祐三的战后生活似乎是以与富士子的重逢为起点的。同富士子的重逢，倘若说成是同自我的重逢倒也未尝不可。

"啊，总算是还活着。"祐三见到富士子时，心头不禁一怔，既不含悲，也不带喜，纯粹是一种惊愕。

乍看到富士子，到底是人体还是物象，他都浑然不辨。他同自己的过去相逢了。"往昔"虽然借富士子的形体出现在他的面前，祐三却觉得那只是一种抽象的意念。

而往昔托身为富士子重现，恐怕正是眼前这一刹那吧。在自己面前，过去和现在竟相互牵连在一起，祐三不免感到有些意外了。

此刻，对祐三说来，在过去与现在之间横亘着一场战争。

祐三无意中产生的惊愕，当然是由于这场战争。

也可以说，战争本应埋葬掉的东西又出现了，所以祐三才感到惊愕。杀戮，破坏，那样一场惊涛骇浪，竟然连男女私情这点小事都毁灭不掉！

祐三看到富士子还好端端地活着，如同发现自己还幸存着一样。

他跟富士子已经决绝，就此也跟自己的过去诀别了。身处战乱之中，原想物我两忘，可天赋的生命毕竟也只有一次而已。

祐三遇见富士子的那天，日本投降已有两个多月。那时节，时间这个概念似乎已丧失殆尽。国家与个人的过去、现在和未来也都支离破碎、颠倒错乱、不成统属，许多人在时间的旋涡里载沉载浮。

在镰仓车站下了车，祐三抬眼一望，看到若宫大路上一排排高大的松树，想到从树梢上逝去的岁月，觉得很和谐。住在战火洗劫过的东京，对这种自然景象常会视而不见。战时，各地的松树接二连三地枯死，仿佛是国家的不祥之兆。可是这一带，路旁的树木大都活了下来。

有位住在镰仓的朋友发来明信片，说鹤冈八幡宫要举行"文墨节"，祐三就是来赴这个盛会的。办这次庆典，大概是着眼于源实朝①的文治，也意味着战争已经改变了这个社会。这是一个和平的节日，前来参加的人已不再祈求什么武运长久和战争胜利之类了。

走到神社办事处前，祐三看到一群少女穿着长袖和服，

————————

① 源实朝：镰仓幕府第三代将军，诗人，在位期间，编订了一部属于将军贵族的专集《金槐和歌集》。

不觉耳目一新。当时一般人都还没有脱去防空服或难民装，相比之下，长袖和服这种华服盛装就显得艳丽异常了。

当地的外国驻军也应邀参加庆典，和服少女就是给美国兵端茶送水来的。这些士兵自在日本登陆以来，恐怕还是初次看到和服，所以新奇得连连拍照。

假如说，两三年前穿这种装束是日常风俗，连祐三都觉得有点儿难以置信。他被引进露天茶座的时候，禁不住赞叹起来：四周是一片褴褛，衣服的颜色是那么灰暗；而这些少女服饰上所标榜的大胆，可谓达到了极致。在华服盛装的映衬下，她们的神情、举止也格外光彩动人。这也使得祐三豁然猛醒。

茶座设在树林里，美国兵正正经经地坐在神社里常见的长条白木桌旁，显出一脸的好奇。十来岁的小女孩给他们端来了淡茶。衣服和举止颇像模特，使祐三联想起旧戏里的童角儿。

年纪大一些的少女，长长的和服袖子和隆起的腰带显然令人觉得同现时代有点龃龉、不大调和。这些长得很好的良家姑娘这样打扮，给人的印象反倒更有种说不出的凄楚可怜。

和服的色彩和图案是这样花哨，如今看来未免有些粗俗鄙野。祐三不由得回想起战前的和服，工匠的手艺和穿着的趣味现在竟沦落到如此地步了。

等到同后来看到的舞衣一比，这种感触就益发深了。神社的舞殿里正在表演舞蹈。也许古色古香的舞衣是特制的，少女的和服是家常的，此时此刻，她们的盛装似乎格外值得一顾似的。她们不但体现了战前的风俗，而且连女性的生理特征也暴露无遗。舞衣料子好，色泽也沉稳。

浦安舞、狮子舞、静夫人舞、元禄赏花舞——这些业已衰亡的日本的丰姿，宛如笛声流入了祐三的心田。

招待席分设在左右两侧，外国驻军在一侧，祐三等人则坐在大银杏树覆盖下的西侧。银杏树的叶子已经带些苍黄的样子。

普通观众席上的孩子朝着招待席拥过来。他们寒碜的衣着，把少女们的长袖和服越发衬托得像是泥淖中的花枝。

斜阳透过杉树梢，照在舞殿红漆大柱的柱脚上。

在元禄赏花舞这个节目里，仕女们从舞殿的台阶上走下来，同幽会的情人依依惜别。长裙曳地，拖在细沙尘土上。祐三看到这里，猝然间一股哀愁袭上心头。

棉和服浑圆的下摆翻露出浓艳的绸里，依稀可见华美的内衣。这下摆如同日本美女的肌肤，也好似她们风流薄幸的命运，在泥地里拖曳而过，毫不足惜，实在令人心痛，又煞是优美动人。从那里荡漾出一缕冷艳的哀愁。

祐三觉得，神社的院墙宛如一道幽静的金屏风。

或许因为静夫人舞的舞姿是中世纪的，元禄赏花舞是晚近的，在战败后不久的今天，祐三看着这些舞蹈，觉得简直有股无法抵御的魅力。

就在他双眼紧盯着舞姿的视线里，闪进了富士子的面容。

祐三霍然一惊，刹那之间竟惘然若失。他心里嘀咕了一下，遇见她该要尴尬了。可是，他并没有意识到富士子是活着的人或是件什么东西，会对自己有所危害，所以，也就没有立即移开目光。

方才舞衣下摆所引发的感伤，因看到富士子而顿时消失得无影无踪。倒不是富士子给了他多么强烈的印象，这犹如一个昏迷的人，当意识恢复后看到映在眼帘里的第一个物象，也仿佛是生命和时间的洪流交汇处漂浮着的一丁点东西一样。祐三内心的一角，赫然泛出一股肉体的温馨，一种同自家的一部分邂逅时的柔情。

富士子神情木然，眼光追随着舞姿。她没有发觉祐三。祐三看见了富士子，富士子却没有看见祐三，祐三觉得有些不可思议。尤其不可思议的是两人相隔不过二三十步，刚才那一忽儿，却谁都没有看见谁。

祐三义无反顾地突然离座走过去，也许是有感于富士子那丧魂落魄的样子。

祐三冷不防在富士子的背上拍了一下，那劲头仿佛要唤醒一个昏迷过去的人似的。

"啊！"

富士子几乎要瘫在那里，猛地又一挺身子站了起来，浑身瑟瑟发抖，甚至传到了祐三的手臂上。

"你一直平安无事吗？噢，吓了我一跳。你这一向好吗？"

富士子僵立着一动不动，可是祐三却觉得她好像要贴近来让自己拥抱似的。

"你在哪儿来着？"

"什么？"

似乎是指刚才在哪儿看舞蹈，也像是问与她分手后战时在什么地方，而祐三听到的仅仅是富士子的声音。

几年来，祐三还是头一次听见这女人的声音。他忘记自己是在大庭广众之中同她相逢的了。

祐三看见富士子时的那种兴奋，又从富士子那里猛袭了过来。

方才祐三还提醒自己，和这女人重逢，无论在道德上抑或在实际生活中，终究还会发生纠葛，正如俗话说的"不是冤家不聚头"。但是，此刻祐三恍如越过一条鸿沟，又捡回了富士子。

所谓现实，仿佛是达到彼岸那个纯净世界去的行为，同时又是解脱束缚的无牵无挂的现世。祐三从未经历过，往昔会这样突然成为现实。

他连做梦也想不到，同富士子之间竟会再度品尝新婚之夜那种滋味。

对于祐三，富士子丝毫没有嗔怨的样子。

"你还是老样子，一点也没变。"

"哪儿的话，变得厉害。"

"不，没变样，真的。"

富士子好像很动感情，所以祐三说：

"也许是吧。"

"打那儿以后……你一直在做什么呢？"

"打仗去了。"祐三像嘘出一口气似的说。

"别胡说了。你哪儿像打过仗的样子呀？"

旁边的人忍不住笑开了。富士子也笑了起来。那些人像怕打扰富士子似的，看到一对男女不期而会，谁都表现出一份好意，神情和悦。在这种氛围里，富士子禁不住要撒起娇来了。

祐三一时有些发窘，适才注意到富士子身上的那些变化，此刻看得更分明了。

原本娇小丰腴的她，现在显得十分消瘦。一对修长的眼睛，目光熠熠。从前，那样淡淡的、有点发红的眉毛描着黑里带红的眉墨，如今，她既没描眉，脸上也只薄薄施了点胭脂，容颜憔悴不堪，颇少生气。雪白的肌肤在脖颈处有点黯黑。这张脸，以及顺着颈项的曲线，直至胸口处，都蒙上了一层生的倦怠。一头细发也没梳成什么波浪形，脑袋的轮廓显得又小又不耐看。

只有一双眼睛，还强自忍着见到祐三的那份激动。

年龄的悬殊，已无须像以往那么介意了，不过，坦然之中总有点不忍。可怪的是，那种青春特有的心灵的震颤并未因之而消失。

"你没变样儿。"富士子又说了一遍。

祐三从人群里走出来。富士子一面打量着祐三的面容，一面随后跟了过来。

"你太太呢?"

"……"

"你太太呢? ……平安吗?"

"嗯。"

"那太好了。小孩子也好吗?"

"嗯,都疏散了。"

"是吗? 在哪儿?"

"在甲府乡下。"

"是吗? 房子怎么样了? 不要紧吧?"

"被烧掉了。"

"噢,真的? 我那儿的也给烧了。"

"唔,什么地方?"

"当然是东京了。"

"你一直在东京吗?"

"有什么办法呢? 一个女人家,既无家可归,也没有落脚的地方。"

祐三打了个寒噤,步履突然有些踉跄。

"倒也不是贪恋东京舒适,仗打起来了,把心一横准备死,管它过什么日子,也不论自己怎么个情景,反正都无所谓。我身体倒还好。那个时候,谁还顾得上怜惜自己呢?"

"没回老家吗?"

"怎么能回去呢?"

语气是诘问式的。那原因还不是全在祐三吗？但也并无嗔怪之意，语调反是娇声娇气的。

祐三一不经意竟触到了旧痛，自己也很恼怒。富士子似乎还处于麻木之中，祐三生怕她会醒悟过来。

对于自己的麻木，祐三也惊诧不已。战争那几年里，自己把对富士子的责任和道义一股脑儿全给抛到九霄云外了。

当初祐三之所以能同富士子分手，从多年的恶姻缘中脱身而出，想来就是借助战争这暴力因素的缘故。戚戚于男女间微末琐屑之事的良心大概也早已被掷弃在战争那股激流里了。

富士子是怎样穿过战争这条窄巷、如何生活过来的呢？如今祐三见到她，虽然心里扑通一跳，但说不定富士子已经忘怀得失，对祐三已无所怨恨了。

富士子的脸上，从前颇有点歇斯底里的神情，现在似乎消失殆尽了。可是她那双潮润的眼睛，祐三却不敢正眼瞧一下。

祐三从招待席后面的孩子群中挤出去，走到神社正中的石阶上，在第五六级石阶上坐了下来。富士子站在一旁，回头望着上面的神社说：

"人倒来了不少，却没有一个是来参拜的。"

"也没有向神社扔石头的。"

众人绕着舞殿，在石阶下的广场上围成一圈，正面的甬道都有些堵塞。直到昨天，他们谁也没有料到，在八幡宫舞殿举行的庆典里，居然能让元禄时代的仕女赏花舞和美国的军乐队同时登台演出。所以，不论是心情还是穿着打扮，压根儿就没有过节的准备。可是，从院内的杉树林里，到大牌楼对面的樱花林荫路，直至高高的松树下，看热闹的人络绎不绝，望着这光景，清澈悠远的秋色格外沁人心脾。

"镰仓市没被烧毁可真万幸。烧没烧毁大不一样呢。这树木，这景致，全然一派日本的情趣。小姑娘们的那副打扮，我看了简直吃了一惊呢。"

"那衣裳，你觉得怎么样？"

"乘电车挺不方便的。不过，我早先穿那种衣裳倒也乘过电车，也在街上走过。"富士子俯视着祐三，在一旁坐了下来。

"看到小姑娘穿上那样的衣服，心里挺高兴，觉得还是活着好。不过，再一想，浑浑噩噩地这么活下去，又挺伤心的。也不知自己将来会怎样。"

"谁都如此。"祐三闪烁其词地这么说。

富士子穿了一条藏青碎白花的扎脚裤，是用男人的旧衣服改的。祐三记得自己也有一件碎白花衣服，和这很相似。

"家眷都在甲府，就你一个人在东京？"

"嗯。"

"真的？没什么不方便吗？"

"要说不方便，谁都一样。"

"那么说，我原先跟别人也一样来着？"

"……"

"你太太也跟别人一样，身体挺好？"

"嗯，大概是吧。"

"没受什么伤？"

"没有。"

"那好极了。先前躲警报时，我曾想，万一你太太有个三长两短，我倒平安无事，该怎么办好呢？那种事可太巧了，很巧，是不？"

祐三不禁打了个寒噤。富士子仍细声慢语地说：

"真是挺担心来着。尽管有时也自怨自艾，自身尚且难保，何苦要惦着你太太？真傻。可就是不放心。我一直想，等打完仗见到你，非把这份心思告诉你不可。我也想过，说归说，信不信由你。不知怎的，打仗那几年，常常会忘记自己，为别人祈福。"

听她这样说，有些情景祐三自己也想象得出。极端的自我牺牲与自我本位，自省与自满，兼爱与利己，道义与邪恶，麻木与兴奋，这种种情绪何尝不是同样奇怪地交集于祐三身上。

也许富士子一方面巴望祐三的妻子遭不测，同时却又默祷他的妻子能平安无事。她没有意识到自己的坏心眼，只一味陶醉在另一半的善心里——这恐怕是她熬过战争、得过且过的一个办法。

富士子的口气是真诚的，修长的眼角里涌出了泪水。

"我觉得对你来说，太太比我要紧，所以就特别惦着她。"

富士子唠唠叨叨尽讲太太的事，祐三当然也就牵念起妻子来了。

可是他心里难免有些疑惑。祐三和家里人从没像战争年代那么相亲相爱过。他爱他的妻子，爱得几乎忘掉了富士子。妻子成了他切身的另一半。

然而，一见到富士子，祐三立刻觉得仿佛是同自我重逢了。而要忆起妻子来，还需费些功夫、做番努力。祐三看出自己心灵上的劳顿，觉得自己像是带着雏儿彷徨四顾的动物。

"见了你，我一时不知该求你点什么好。"

富士子的口气像要缠上身来的样子。

"嗳，我求求你，听我说呀。不然，我生气啦。"

"……"

"你养活我吧。"

"什么？养活你？……"

"要不了多久的。我一定安分守己，绝不连累你。"

祐三终于沉下脸，望着富士子。

"你现在怎么过日子的?"

"总还能糊上口吧，可我不是为这个。我想改变一下生活，打算在你这儿开个头。"

"这哪里是开头，岂不是又倒回去了?!"

"不是倒回去。你只要给我加把劲儿就行。到时我准马上自个儿离开你。照这样下去可不成，我非毁了自己不可。你就帮我一把吧，好吗?"

祐三也听不出她这话里究竟哪些是真心话。这简直像个巧妙的圈套，又像是诉苦。兵荒马乱时的弃妇，难道战后要从祐三这里摄取生的力量，准备重整旗鼓吗？

祐三遇见旧日的情妇，自己也没料到，竟恢复了一种生命感。莫非富士子看透了他这个弱点不成？不用富士子说，祐三也觉得，心中已然情牵于一线。难道竟要从自己的罪孽和无行中才能意识到自家的生存吗？心情不免有些黯然，便惨然垂下了目光。

那边传来了人群的掌声。是外国驻军的军乐队入场。他们头戴钢盔，散漫地走上舞台。一共二十来个人。

当吹奏乐器齐声奏出头一个音符时，祐三顿时挺起胸来。他豁然清醒，脑际的一抹云翳已一扫而光。乐声清脆嘹亮，激荡人心。那种感触就像软鞭儿掠过身上似的。听众的脸上也现出生气勃勃的样子。

此时，祐三对美国颇感惊讶，这是一个多么明朗的国家啊！

这种鲜明的感受使祐三为之兴奋鼓舞，恢复了男人的豪爽大度，哪怕是对富士子这种女人，也不去计较什么得失了。

车过横滨，事物的影子渐次淡薄起来，好像融进了大地。四周已经暮色沉沉。

很长一个时期里，废墟上不时散发着刺鼻的焦臭味，现在虽然没有了，却经常是尘土飞扬。废墟上也有了秋意。

看着富士子那淡红的眉毛和纤细的头发，祐三蓦地想到

"寒冬将临"这句话，自己反要拖上一个累赘，正是俗语所说的"流年不利"，他只有苦笑而已。然而，废墟上四时的推移令人触景生情，越发颓唐消沉，也就一切都听天由命了。

本来应在品川站下车，祐三故意坐过了站。

祐三已是四十一二的人了，多少也领悟到人生的苦恼和悲哀终会随着岁月而消逝，各种难题和纠葛也自会由时间来解决。任你狂呼挣扎也罢，默然袖手旁观也罢，结局总归是一样的。这种情况，祐三并非没有经历过。

不是连那么样的一场战争也过去了吗？

只不过比意想的要早罢了。就那场战争而论，四年的时间究竟是长是短，祐三虽然无从判断，但战争毕竟结束了。

上次祐三在战争中遗弃了富士子，这次也同样，虽则刚刚相逢，心里未尝不打算让时间的洪流把富士子冲走。那次是战争的狂飙吹散了两人，从而了结了彼此的缘分。提起"了结"这个词儿，尽管祐三还有些激动，可是现在大概也能看出他自己的狡黠和自私。

即便如此，祐三仍不免心烦意乱。

"到新桥了。"富士子提醒说，"是去东京站吗？"

"唔，是的。"

也许富士子这时想起了从前他们两人常从新桥到银座去的情景。

祐三近来没去过银座，平时上班都是从品川站乘到东京站。

祐三心不在焉地问道：

"你去哪儿?"

"哪儿……你去哪儿，我就去哪儿。怎么了?"富士子神色有些不安。

"没什么，问你现在住在哪里。"

"哪儿有那么好的地方。还谈得上什么住处哩……"

"彼此都一样。"

"你现在带我去的地方，就是我的住处。"

"就算这样吧，那你一直在哪儿吃饭呢?"

"哪儿有像样的饭吃。"

"配给品是在什么地方领的?"

祐三好像动气了，富士子瞧着他的脸不作声了。

祐三疑心她不愿讲出住址。

祐三想起刚才经过品川站自己没吭声的事，便说：

"我现在寄住在朋友家里。"

"合住吗?"

"合住的合住。那位朋友租了一间六张席的房，暂时凑合挤挤。"

"不能再收留我一个吗? 三重合住好不好?"

富士子有些死乞白赖的样子。

东京站的月台上有六个看护，戴着红十字，站在行李中间。祐三前后张望了一下，没见到有复员的士兵下车。

他来往品川站时常常乘横须贺那条线，到这个月台往往

214

能遇上一群群复员的士兵。有的与祐三从同一辆车上下来，有的是乘前一班车先到的，站在那里排队。

像这场战争，在打到最后节节败退的时候，把许多士兵遗弃在远隔重洋的异乡客地，在他们生死存亡无人过问的情况下，国家便宣布了投降。这场败仗恐怕也是历史上前所未有的。

从南洋群岛复员回来的人在东京站下车，一个个都营养不良，甚至饿得濒临死亡。

看到这类复员兵，祐三心里每每有种莫名的悲伤。借此亦可做一番真诚的自省，也想净化一下自己的内心。的确，每次见到同样吃了败仗的同胞，祐三总是归心低首的。他们不同于东京家里比邻而居的街坊，或是电车上萍水相逢的乘客，而好像是远方归来的纯朴的邻人，使人备感亲切。

事实上，复员士兵脸上的表情确是很纯朴的。

那或许是久病之后的病容也未可知。由于疲劳、饥饿和沮丧，他们显得衰弱、失魂落魄。脸上颧骨高耸，两眼深陷，皮肤呈土灰色，连做表情的气力都没有了。也许这就是一种虚脱状态。不过祐三觉得并不尽然。日本人战败后，样子还不至于虚脱到像外国人说得那么严重，同样，复员兵们想必也会有股激情在心中起伏。他们吃过非人所能下咽的东西，做了非人所能办到的事，终于活着回国，他们自有一脉清纯之处。

担架旁站着佩戴红十字的护士，有的伤兵就地躺在月台的水门汀上。祐三一脚险些踩着一个伤兵的头，从旁边绕了过去。那些伤兵目光很清亮，毫无恶意地望着外国驻军上下电车。

有一次，祐三听见外国士兵低声说"very pure"①,事后一想，觉得也可能是"very poor"②,是自己听错了。

戴红十字的看护站在复员兵的旁边张罗着，依现在来看，祐三觉得，她们比战时要美得多。这或许是同周围相对比照一时的观感吧。

祐三从月台的阶梯走下来，朝着八重洲信步走去，等看到通道给一群朝鲜人堵住了才猛然想起来说："从正门出站吧。平时从后门走惯了，一时大意了。"说着便踅了回去。

祐三常在这里看到一群群朝鲜人等车回国。因为月台上不让排队久等，他们便挤在楼梯下面。有的人靠在行李上，有的人铺着脏布和被子蜷缩在过道上。有些行李是用绳子拴着的锅和水桶之类。有时就那么等着，通宵达旦。大多数人都扶老携幼，小孩子很难和日本孩子分别开来。其中大概也有嫁给朝鲜人的日本女人。偶尔也有人穿着崭新的朝鲜服，雪白的衣裤或粉红的上衣惹人注目。

这些人是要返回刚独立的祖国，但看起来像是逃难似的，大概战争难民也不在少数。

从那里走到八重洲的出口，就只见排队买票的日本人了。

---

①very pure:很纯洁。
②very poor:很可怜。

第二天售票，隔夜便得排队。祐三深夜回来路过这里时，常能看到排队的人蹲的蹲、躺的躺，前头的便靠在桥桁上。桥脚下到处是粪便，是排队排过夜的人在那里便溺的。祐三上班走过这里总能看到，下雨天就只好从车道上绕行而过。

脑子里忽然想到天天看到的这些情景，祐三向出站口走去。

广场上树木的叶子飒飒作响，晚霞淡淡地映照在丸大楼的侧面。

走到丸大楼前，一个十六七岁的少女肮脏不堪，一只手拿着细长的糨糊瓶和短铅笔兀立在楼前，身上穿一件旧衬衫，正身红不红黄不黄，袖子是灰乎乎的，脚下拖着一双男人穿的又旧又大的木屐。那模样完全是沿路乞讨的流浪儿。只要有美军走过，她便紧跟上去打招呼，可是没有人肯正眼瞧她一下。谁的裤子若给她的手碰着了，便会不高兴地瞅她一眼，无言而冷漠地扬长而去。

祐三挺担心的，那糨糊会不会粘在人家的裤子上。

少女耸起一只肩膀，走路的架势连大木屐底都露了出来，蹒跚地穿过广场，孤零零地消失在幽暗的车站里。

"真作孽啊。"

富士子目送少女的背影说。

"是疯子吧。我还以为是讨饭的呢。"

"不知怎的，近来看见那种人，好像自己迟早也要变成那副样子，真不愿意呀……幸而遇见了你，可以不担这个心了。

毕竟还是不死的好。只有活着才能见到你。"

"也只能这么想啦。大地震那次，我在神田给压在房子底下一根柱子下面了，差点儿给压死。"

"哦，我知道，你右边腰上还带着一块疤呢。你不是告诉过我吗？"

"唔……那时我还在念中学。日本当时在全世界面前并没有被当成罪人看待。因为地震破坏虽大，但到底只是一场天灾。"

"地震那年，我已经出生了吧？"

"出生了。"

"在乡下，什么也不知道。我要有孩子，也要等国内情况稍稍好转后再生。"

"那倒不必……照你刚才说，大灾大难中人才会变得更结实。这次打仗，我碰上的危险就没有地震那次大。刹那间的天灾倒险些要了我的命。近来这一阵，连生孩子不是都满不在乎吗？什么顾虑也没有，说生便生。"

"倒也是……和你分手后，我常常想，你若是去打仗，倒真想有个孩子。所以，能这样活着见到你……那就什么时候生都可以。"说着富士子便把肩膀靠了过来。

"往后也无所谓私生子不私生子了。"

"你说什么？"

祐三皱起了眉头，恍如踩空一个台阶，略微感到眩晕似的。

富士子说这话也许很认真。然而，祐三此刻发觉，在镰仓相遇以后，两人净说些生硬、干巴而又莫名其妙的话，他觉得很寒心。

方才祐三就怀疑，富士子那些露骨的话里未必没有自己的盘算，然而她好像还木然不知，冒冒失失就扑了过来。

祐三也觉得，不论对富士子，还是对遇见她以后的自己，他据以判断事物的基础似乎飘忽不定、很不牢靠。

乍见到富士子，他虽也有些小算盘，怕重新陷入恶姻缘而不能自拔，可是这种自私的盘算一旦面临变为现实的时候，反而不敢脚踏实地去付诸实行了。

因为妻子疏散出去与他分开了，城市的一切秩序都已冰消瓦解，孑然一身的他到处踯躅，只有这样无牵无挂，才能贸然又捡回富士子。但话又说回来，祐三也是出于无奈，受本能的驱使，不得已才叫富士子给拴住了。

这是因为祐三把自己和自己的现实生活全奉献给了战争，为此他着实陶醉了一番，在陶醉之中便走到了这一步。但是，他带富士子来这里的路上，方才在八幡宫看到她恍如同自我重逢的错愕感受，竟像蒙上一层阴翳，受到毒害似的，心情很是郁悒不畅。

同战前的情妇重逢，使祐三重新套上了"往昔"的刑枷，而这段旧时姻缘反变成了对富士子的一腔怜念。

走到电车路前，是去日比谷公园呢，还是去银座？祐三颇为踌躇。公园就在附近，于是，他们便走到了公园门口。

然而，公园也变得叫人吃惊。他们旋即又往回走。到了银座，夜幕已经四垂。

富士子既然不肯说出住处，祐三也就不便说要去她那里了。或许她不是单身一个人。富士子也有些心虚的样儿，并不催促祐三去什么地方，只是耐着性子跟在后面。大火之后的废墟，行人稀少，一片漆黑，她也不说害怕。祐三不免焦灼起来。

筑地那边似乎还有些房子能住人，可是祐三不熟悉那一带，便漫无目的地向歌舞伎剧院方向走去。

祐三默默拐进一条小巷，走到背阴处。富士子慌忙跟了上来。

"你在这里稍微等一下。"

"不，怪害怕的。"

富士子站在身旁，贴得那么近，祐三几乎想用胳膊推开她。

断砖碎瓦在脚下绊来绊去，难以立脚。祐三面对着一堵墙，倏然发现，那墙宛如一道屏风，峭楞楞地立在那里。周围的房屋全被烧塌了，唯独那堵墙还矗立不倒。

祐三有些毛骨悚然。黑夜里，墙像一排牙齿，鬼气森然，发出一股焦臭味，仿佛要将祐三吞掉似的。墙头被斜着削落了一片，黑暗愈显浓重逼人。

"有一次，我呀，要回乡下去。也是这么一个夜晚。在上野站排队……哎呀，猛一惊，用手摸摸身后，给弄湿了一片。"富士子屏住气说，"后面的人把我的衣服弄脏了。"

"哼，准是贴得太近的缘故。"

"哪儿呀，不是那么回事。我吓得直哆嗦，就从排的队里走开了。男人真叫人害怕，那阵子常有这些事……噢，真怕人。"

富士子缩着肩膀蹲下来。

"那一定是病人。"

"战争里的难民。他们都有证明，房子给烧了，便流落到城里来了。"

祐三转过身子，富士子还不想站起来，便说：

"排的队从车站里一直排到外边漆黑的路上……"

"怎么样，走吧?"

"哎。我太累了。这么待着，就像要沉到黑暗的地底下似的。我一大早就出来了……"

富士子仿佛闭着眼睛。祐三站在一旁俯视着她。富士子恐怕连午饭都没吃过，祐三心里寻思着，嘴上却说：

"那边在盖房子。"

"哪儿? 当真。这种地方怎么能住人? 多可怕!"

"也许有人住了。"

"哎呀，怕人，真是怕人。"富士子叫了起来，拉着祐三的手站起身来。

"真讨厌，净吓人……"

"怕什么……地震那时候，常有人在这种临时搭起的木板房里幽会。不过，此刻倒确有些阴森可怕。"

"可不是。"

祐三没有松开富士子。

温软的肉体自有一股说不出的亲密，极其舒适惬意，甚至神妙得令人麻酥酥的。

倘使说这是同女人久别之后的一股激切之情，不如说是病后接近女身又体味到的一缕柔情蜜意。

祐三的手摸到富士子的肩头，是嶙峋的瘦骨，靠在他胸脯上的是深重的疲劳。尽管如此，祐三依然觉出是同异性的重逢。

一种生意盎然的感情复苏了。

祐三从瓦砾堆上向木板房走去。

门窗地板似乎还未装上，走近房子时，脚下发出踏破薄木板的声音。

（高慧勤　译）

水　月

一天，京子忽然想到用手镜给丈夫照一下自己的菜园。对于一直染病在床的丈夫来说，即便是这一点点的小事情，也等于开辟了一种新的生活，因此其实不能说是"一点点的小事情"。

　　这面手镜是京子陪嫁的镜台上附带的东西。镜台虽然不大，可是用桑木制的，手镜的把儿也是桑木的。记得在新婚的日子里，有一次，为了看脑后边的发髻，她用手镜和镜台对着看，袖口儿一滑，滑过了胳膊肘儿，把京子臊得不得了的就是那面手镜啊。

　　也曾记得在新浴之后，丈夫抢过手镜，说："哎呀，你多笨呀，还是让我给你拿着吧。"说着就从种种角度，替京子把后脖颈儿映射到镜台上去，自己也仿佛引为无上乐趣似的。看来，从镜台里有时会发现过去所没有发现过的东西呢。其实，京子何尝笨，只不过是丈夫在身后目不转睛地瞧着，使得她的动作不免不自然起来罢了。

从那以后，时光并没有过多久，那手镜上的桑木把儿也没有变色。可是，又是战争，又是避难，又是丈夫病重，等到京子第一次想到用手镜把菜园照给丈夫看的时候，手镜的表面已蒙上一层阴翳，镜边儿也让脂粉末和灰尘弄脏了。当然，照人是无妨的。并不是京子不讲究这些，而是实在没有精神注意这个了。不管怎样，从那以后，丈夫再也不肯让镜子离手，由于病中无聊和病人特有的神经质，镜面和镜框儿都被丈夫揩拭得干干净净。镜面上的阴翳本来已经一点儿也没有了，可是京子还不断看到丈夫呵了又呵、擦了又擦。有时，京子想，在那肉眼不易看清的、嵌着镜面的窄缝儿里一定充满了结核菌吧。有时，京子给丈夫的头发涂上点儿茶油梳一梳，丈夫立刻用手擦这发上的油，用它来涂抹手镜的桑木框儿。镜台上的桑木座儿黯淡淡的，毫无光彩，而手镜的桑木把儿却晶光发亮呢。

京子带着这架镜台再婚了。

可是，那面手镜放到丈夫的棺材里烧化了。镜台上新添了一面"镰仓雕漆"的手镜。她并没有把这件事告诉她再婚的丈夫。前夫刚一咽气，立刻按照老规矩，把他的两只手摆到一起，并把手指交叉地扣紧，所以就是入殓以后，也无法让他手里拿着这面手镜，结果只好把手镜放在死者的胸上了。

"你活着总说胸脯疼，给你搁上的就算是这样一面手镜，恐怕你也嫌太重了吧！"京子喃喃地说着，把手镜移到丈夫的腹部上去了。京子想的是，手镜是两人生活中最重要的东西，所以一开始就把它放在丈夫的胸上。当她把手镜放进棺材的时候，也是想尽办法避开丈夫的父母兄弟的眼睛，在手镜上放了一堆白菊花，所以谁也没有注意到这面手镜。在收骨殖的时候，由于火葬的高温，镜面的玻璃熔化变形，表面凸凹不平，中间厚厚地鼓起，颜色也是黑一块黄一块的。有人看到了，说：

"这是玻璃呢，它原来是什么呀？"

原来，京子在手镜上边，还放了一面更小的镜子，那是便携式化妆盒里狭长方形的小镜子。京子曾经梦想过在新婚旅行时使用它，可是在战时不可能做新婚旅行，所以前夫生前一次也没有用过它。

京子和第二个丈夫去新婚旅行了。她以前的便携式化妆盒皮套儿发霉了，又买了一个新的，里边自然也有面镜子。

新婚旅行的第一天，丈夫抚摸着京子的手说："真可怜，简直像是个姑娘！"这绝没有嘲弄的语气，而是包含着一种说不出的愉快。对第二个丈夫来说，也许京子越接近于处女越好吧。可是京子听到他这简短的话，突然涌出一阵剧烈的悲痛，由于这难以形容的悲痛，她半晌低头无语，珠泪盈盈。也许她的丈夫认为，这也是一种接近于处女的表现吧。

京子自己也不晓得到底是哭自己呢，还是哭死去的丈夫，而且也的确很难分清。当她意识到这点的时候，她觉得太对不起新丈夫了，自己应当更柔媚地对待他才是呀。

"不一样啊，怎么差得这么远呢？"后来，京子这么说。可是说完了，她又感到这样说并不合适，不由得满脸绯红。她的丈夫好像很满意似的，说："而且你也没生过孩子，对不对？"这话又触动了京子的痛处。

接受和前夫完全不同的另一个男人的爱抚，使京子感到一种被玩弄似的屈辱。她好像有意反抗似的只回答了一句："可是，看一个病人也和看管孩子差不多。"

长期生病的前夫，就是死了以后，也使京子觉得像是她怀抱里的孩子。

她心想：早知道他非死不可，严格的禁欲又有什么用处呢？

"森镇，过去我还只是从火车的车窗子看到过……"新丈夫提起京子故乡的名字，又把京子搂近一些，"果然名副其实，像是环绕在森林里的一座美丽小镇，你在故乡待过多久啊？"

"一直到女子中学毕业。当时曾被动员到三条军需工厂去劳动……"京子说。

"是啊，你的故乡离三条很近。大家都说越后的三条出美女，怪不得京子身上的皮肤这样细嫩。"

"并不细嫩呀！"京子把手放到领口的地方，这样说。

"因为你的手和脚都很细嫩，所以我想身上也一定是细嫩的。"

"不！"京子感到把手放在胸口上也不是地方，又悄悄地把手挪开了。

"即使你有孩子，我也一定会和你结婚，可以把孩子领来，好好地照管嘛。如果是个女孩子，那就更好啦。"丈夫在京子的耳旁小声说。也许丈夫自己有个男孩子，所以才这样说的吧。但作为爱的表白，这话使京子听起来觉得很别扭。丈夫为什么和京子做这长达十天的新婚旅行呢？也许考虑到家中有孩子，才这么体贴她吧。

丈夫有一个随身携带的很精致的皮革化妆盒，它和京子的比起来要强多了，又大又结实，但是并不新了。不知是由于丈夫经常出去旅行还是不断拾掇的缘故，它发着那种用久了的特有亮光。这使京子想起了自己那始终没有用过、发霉得很厉害的旧化妆盒。尽管如此，那里边的小镜子总算给前夫用了，给他带到另一个世界去了。

那放在手镜上的小小玻璃片被烧化了，粘到手镜的玻璃上去了。除了京子以外，谁也无从晓得原来是一大一小的两面镜子。京子也没有对谁讲过那奇怪的玻璃团儿原来是镜子，所以很难设想在场的亲属会猜得出来。

但是京子的确感到，这两面镜子所映射过的许许多多的世界似乎都毫不留情地被烧成灰烬了。她感到真像丈夫的身体化成灰烬一样，那许许多多的世界已经不存在了。最初，京子是用镜台附带的那面手镜把菜园照给丈夫看的，从此丈夫再也不肯让这面手镜离手，但是看来手镜对病人也太重了，京子不能不保护丈夫的胳膊和肩头，所以又把一面分量很轻的小镜子拿给了丈夫。

前夫死后，映射在这两面镜子里的世界绝不只是京子的菜园。它映射过天空、云彩和雪，映射过远处的山、近处的树林，也映射过月亮，还利用它看过野花和飞鸟。有时人在镜中的道路上行走，有时孩子们在镜中的庭院里嬉戏。

在这么小小的镜子里，会出现这么广阔的、丰富多彩的世界，这使京子也不免吃惊。过去，不过是把镜子当作照人眉目的化妆道具，至于说到手镜，不过是照后脑勺和脖子的玩意儿罢了。谁想对病人来说，这却成了新的自然和人生！京子坐在丈夫枕旁，和丈夫共同观察着、共同谈论着镜子里的世界。这样，日子久了，就连京子自己也逐渐分不清什么是肉眼看到的世界，什么是镜子里映照出来的世界，就好像原来就有两个不同的世界似的，在镜子里创造出来的一个新的世界。她甚至有时会想，只有镜子里边反映出来的才是真实的世界呢。

"在镜子里，天空发着银色的光辉。"京子说，她抬头望着窗外，"可天空是阴沉沉的！"

在镜子里一点也看不到那沉郁混浊的天色。天空确实是亮晶晶的。

"都因为你把镜子擦得太亮了吧。"

虽然丈夫卧床不起，但转动一下脖子，天空还是可以看见的。

"是啊，真是阴沉沉的。可是，用人的眼睛看的天色，再说，还有用小狗、麻雀的眼睛看的天色，不一定都是一样的吧。也很难说，究竟是谁的眼睛看得对。"丈夫回答说。

"在镜子里边，也许有一个叫作'镜子的眼睛'吧。"京子很想再加上一句，"那就是咱们俩的爱情的眼睛呀。"

树林到了镜子里，就变得苍翠欲滴，白百合花到了镜子里，也变得更加娇艳可爱了。

"这是京子大拇指的指印呢，右手的……"丈夫把镜子边儿指给京子看，京子不知怎的吃了一惊，立刻在镜子上呵了一口气，把指印揩拭掉了。

"没有关系呀，你第一次给我照菜园子的时候，镜子上也有你的指印呢。"

"我可一点儿也没注意到。"

"我想你准没注意到。多亏这面镜子，我把你的拇指和中指的指纹全都记住了。能够把自己妻子的指纹记得清清楚楚，恐怕除了躺在床上的病人，其他人是绝对办不到的吧。"

丈夫和京子结婚后，除了害病之外，可以说什么也没有做。甚至在那样的战争时期，连仗也没有打。在战争接近终了的时候，虽然丈夫也被征去了，但只在飞机场做了几天苦力活儿就累倒了，战败后立刻回家来了，当时丈夫已经不能行动，京子和丈夫的哥哥一同去迎接他。当丈夫名义上被征去当兵，实际上去当苦力的时候，京子投靠了避难到乡下去的娘家。在那以前，丈夫和京子的家当的大部分已经寄送到娘家那里去了。京子新婚住的房子在空袭中被烧掉后，借了京子朋友的一间房子，丈夫每天就从那儿上班。算下来，在新婚的房子里住了一个月，在朋友家里住了两个月，这就是京子婚后和没有生病的丈夫住在一起的全部时光了。

丈夫在高原地带租了一所小小的房子，开始了疗养生活。这所房子原来住着到乡下来避难的一家人，战争一结束，他们就回东京去了。京子承接了避难者种植的菜园子，那不过是在生满杂草的庭院里开辟出来的一小块两丈见方的土地罢了。

按理说，在乡下住着，两个人需要的蔬菜不难买到，不过就当时说来，有一点菜地也的确难以割舍，结果京子每天总是到院子里去劳动。京子逐渐对亲手种出来的蔬菜产生兴趣。并不是想要离开病人，但是在病人身旁缝衣服啦、织毛线啦总不免使人精神越来越消沉。同样是惦记着丈夫，种菜的时候却又不同，它使人感到光明和希望。京子不知不觉地为了咀嚼对丈夫的爱情而从事起种菜劳动来了。至于读书，在丈夫枕旁读给丈夫听，这已足够了。也许是由于照顾病人过分疲劳吧，京子时常感到自己在许多地方都不够振作，但自从种菜后，逐渐感到精力充沛起来了。

搬到高原地带来是九月中旬，避暑的人们都回到城市去了。初秋时节，连绵的秋雨淅淅沥沥地落个不停，还夹着袭人的寒意。一天，傍晚之前，天空忽然放晴，可以听到小鸟嘹亮的啼声。当京子来到菜园的时候，灿烂的阳光照在绿油油的青菜上，闪闪发光。在远山的天际浮现着的粉红色云朵，使京子看得出了神。就在这时候，京子听到丈夫的呼唤声，她来不及洗掉手上的泥土，就赶忙上楼去，一看，丈夫正在那里痛苦地喘息着。

"怎样喊你你也听不见啊！"

"对不起，没有听见。"

"菜地别搞啦，要是这样喊上五天，要把人喊死啦。别的不说，你到底在那儿干些什么，我一点也不知道啊。"

"我就在园子里呢，不过，你放心吧，菜不搞啦。"

丈夫镇定了下来，说：

"你听到山雀叫了吗？"

丈夫喊京子，只是为了这一句话。就在丈夫问这句话的当儿，山雀还在近处的树林里叫着呢。那片树林在夕阳的反射下轮廓非常鲜明。京子开始学会了山雀的鸣声。

"你手头如果有个铃铛之类摇得响的东西那就方便啦。在买铃铛以前，在你枕旁放一样可以往楼下扔的东西，你看怎么样？"

"从二楼往下扔饭碗吗？这倒挺有意思。"

结果，丈夫还是同意京子照旧把菜种下去了。当京子想到用手镜把菜园子照给丈夫看的时候，那已经是度过了高原地带严寒而漫长的一冬，早春来临以后的事情了。

虽然仅仅是从镜子里边看，但也足够使病人感到新绿的世界苏醒的欢悦了。京子在菜园子里捉虫子，这么小的虫子当然是照不到镜子里去的，京子只好把它拿到楼上来给丈夫看。有时，京子正在掘土，丈夫就说：

"从镜子里可以看到蚯蚓呢。"

当夕阳斜照的时候，待在菜园子里的京子突然周身通明，京子抬头向楼上看去，原来丈夫正在用镜子反射她。丈夫让京子把他学生时期穿的藏青地碎白花纹土布的衣服改制成束脚裤，他在镜子里看到京子穿着这条束脚裤在菜园子里忙来忙去，感到非常高兴。

京子知道丈夫正在看着镜子里的自己，她一边不断地意识着这一点，一边又忘掉了一切似的在菜园子劳动着。她沉湎在幸福之中，她想这和新婚当时的光景相比，该是多么大的变化啊，那时为了照镜子，袖口滑过了胳膊肘，她就感到害臊得不得了。

但是，虽然说是用两面镜子合着照看，仔细地化妆，但是毕竟是打败仗以后不久的时候，哪里有闲心擦粉抹胭脂呢？以后又是照顾病人，又是给丈夫服丧，更不可能了。所以真正说得上化妆，还是再婚以后的事。京子自己也感到，化妆起来显得美丽多了。也逐渐觉得和第二个丈夫去新婚旅行的头一天，丈夫说她身上的皮肤细嫩说的是真心话呢。

有时，新浴之后，就是把肌肤照到镜子里去，京子也不再感到害臊了。她看到了自己的美。但是，对镜中的美，京子从前夫那里承接了一种与众不同的感情。这种感情，就是到今天也一直没有消失。这并不是说她不相信镜中的美。相反，她一直相信镜子里边别有一个世界。尽管在手镜里，灰色的天空会变成发亮的银色，可是她的肌肤，用肉眼看和照在镜中看没有太大的差别。也许这不只是由于距离不同，这里边可能还蕴藏着那卧床不起的前夫的渴望和憧憬吧。由此看来，过去那映在楼上前夫手镜里种着菜的京子的倩影，究竟美到何种地步，现在就连京子自己也是无法知道的了。即便在前夫生前，京子自己也是不知道的啊。

在死去的前夫的镜子里，映射出来的自己的倩影，自己在菜园子里忙来忙去的倩影，还有在那面镜子里映射出来的如南柴胡啦、蓼蓝啦、白百合花啦，还有那在田野里嬉戏的成群的村童，那从远处的雪山顶上升起的朝阳，所有这一切，这与前夫共享的另一个世界，都使京子感到怀念——不，感到憧憬。京子想到了现在的丈夫，她尽量将自己那日益鲜明而又强烈的渴慕的感情抑制着，尽可能地把它当作对神的世界的一种辽远的瞻仰。

五月里一个清晨，京子从无线电里听到了野鸟的各种啼声。那是山间的现地录音，离前夫生前住过的高原并不太远。京子把现在的丈夫打点上班之后，拿出镜台中的手镜来映射蔚蓝的晴空。接着她又从手镜里端详自己的脸庞。京子发现了一桩奇怪的事：自己的脸庞不用镜子照就看不到。唯独自己的脸庞是自己看不到的。自己把映在镜子里的脸庞当成了自己用肉眼看到的东西，每天在拾掇着哩。京子陷入了一种凝思：神把人搞成自己看不到自己的脸，这里边究竟含有什么深意呢？

"如果自己看到自己的脸，会不会使人发疯呢？会不会使人什么事也干不下去了呢？"

但是京子想：恐怕还是由于人的进化，才使人逐渐看不到自己的脸庞了吧。如果是蜻蜓或螳螂，说不定就能看到自己的脸了。

自己最为紧要的脸，反而成了给别人看的东西。这一点也许与爱情很相似吧。

当京子把手镜收进镜台里的时候，她又注意到"镰仓雕漆"的手镜和桑木做的镜台很不协调。原来的手镜给前夫殉葬了，剩下的镜台才只好成为"不成对"的东西吧。想起来，把手镜和另一面小镜子交给了卧床不起的丈夫，的确是一利一弊。因为丈夫也经常用镜子照自己的脸。镜子里病人的脸不断受到病势恶化的威胁，这和整天面对着死神又有什么两样呢？假若用镜子进行心理自杀的说法成立的话，那么，就等于京子犯了心理杀人的罪。当京子注意到这种害处，想要从丈夫手中拿回镜子的时候，丈夫当然是再也不肯离手的了。

"难道你想让我什么也看不到吗？我要在我活着的时候，爱我能够看到的一些东西啊。"丈夫说。

也许丈夫为了使镜中的世界存在下去，而牺牲了他自己的生命吧。在骤雨之后，丈夫用镜子照过那映在庭院积水里的月亮，欣赏过这种月色，这时的月亮应该说是月影的月影。当时的光景，就是在今天，仍然清晰地留在京子的心里。后夫对京子说："健全的爱，只能寓于健全的人之中。"当然，京子只好羞涩地点着头，其实，心里却有些不以为然，在丈夫刚死的时候，京子想过，和卧病的丈夫保持严格的禁欲生活究竟有什么用呢？但是过了一些日子之后，这种禁欲生活也变成了缠绵的情思，每当回想起当时的情景，就感到其中充满着爱情，京子也就不后悔了。在这点上，后夫是不是把女人的爱情看得过于简单了呢？京子问过后夫："你是一个非常温柔的人，但为什么离了婚呢？"后夫没有回答。京子是由于前夫的哥哥不断劝她再婚，所以才和后夫结婚的。婚前两个人来往了四个多月。他俩的年龄相差十五岁。

当京子知道自己怀孕之后，她惊恐得连模样儿都有些变了。

"我怕呀，我怕呀！"她紧紧地偎依着丈夫说。她呕吐得非常厉害，精神也有些失常。有时，她光着脚走到院子里去，捋起松树针来，当前妻留下的儿子上学去的时候，她会交给他两个饭盒，而且两个饭盒里都装好了米饭。有时，她忽然觉得隔着镜台就像看到收在镜台里的"镰仓雕漆"的手镜似的，不由得两眼发直。有时半夜醒来，坐在被子上俯视着熟睡的丈夫，她一边解下睡衣的带子，一边感到一种无名的恐怖：人的生命该是多么脆弱呀。看起来，她是在模仿着怎样用带子绞丈夫脖子的动作呢。突然，京子放声痛哭起来。丈夫醒了，温柔地把带子给系上，虽然当时是炎热的夏天，京子却冷得打战。

"京子，鼓起勇气，相信肚子里的小生命吧。"丈夫摇晃着京子的肩头说。

医生认为应当入院。京子初时不肯，但最后还是被说服了。

"既然要入院，那么在入院前，给我两三天的工夫，让我回趟娘家吧。"京子说。

丈夫把京子送到娘家来了。第二天，京子一个人悄悄从娘家跑出来，到跟前夫一起生活过的高原去了。这是九月初，比起和前夫搬到这儿来的时期要早十天左右。京子在火车上也觉得要呕吐、头晕，感到仿佛要从火车上跳下去似的不安。但是一从高原的车站走出来，接触到新鲜凉爽的空气，她立刻就感到畅快起来。好像是附在身上的邪魔被赶走了，她一下子苏醒过来。京子自己也奇怪，站在那里，四下里看了一下环绕着高原的群山，那微带深蓝色调的青翠的山影耸立在碧空之下，使得京子感到世界充满了生命力。她一边擦着她那噙着热泪的眼角，一边向她以前住过的家走去。在过去，粉红色的夕晖衬托着轮廓鲜明的树林，而今天，从这同一片树林中，她又听到了山雀的啼声。

从前的房子现在住着人。楼上的窗子挂着白纱窗帘。京子站得远远地瞧着，小声地自言自语道："假如孩子生下来像你，那怎么办啊?"京子突然说出连她自己也要吃惊的话，然后沉湎在温暖的、平静的感情中，向原路折回去了。

(刘振瀛　译)

离　合

说是想跟人家的女儿结婚，而前来造访她隐居在远地的父亲，这或许也算得是当代一个难得的好青年吧。一见之下，福岛就对这位名叫津田长雄的小伙子产生了好感。长雄还说要到她母亲那里去征得同意。

　　"不，她妈妈那里就不必去了。"福岛露出了一点惶惑的神情，"大概听久子说过吧，妻子跟我离了婚。"

　　"哦。"

　　"要跟我女儿久子结婚，你用不着千里跋涉嘛。"

　　"到这儿来看望您，我是乘飞机到大阪的，一天打个来回都成。"

　　"是坐飞机来的呀。"

　　东京至大阪的机票要花多少，福岛对此即便并不确切地知道，也会想到这大概是一位富裕而忙碌的青年。

　　"要说，到我内人那里去，也通火车呀，下车就到，比这儿方便多了。"说着，福岛把眸光转向校门，看看这位青年是否让小卧车等在那里。

"在走廊里站着说话，有点礼貌不周呀，天气好的话，倒是可以在那一带边走边谈的……"

"不过，老师您不是还得上课吗？"

"不，十分钟二十分钟的，就是让学生们等一等也没什么，只要安排他们自习，我也就抽得出身来。"

中学生们好奇心强，望到福岛先生站在走廊尽头同人谈话，也有的人当是发生了不寻常的事情，连打旁边走过都要避开一些。

"要是教员室也成的话，那就请进……类似接待室的房间倒是有的。"

"是。"

看到青年有些迟疑的样子，福岛接着说："你是要急着回去吗？"

"不，一来因为我不晓得老师您会不会立刻同意……"青年露出明朗的表情，"您要是同意的话，那我还有话要跟您说呢。"

"是久子让你到这儿来的？"

"是的。"

"那就跟我刚才说的一样，只要久子觉得合适就成。这是久子的自由嘛，我这儿离她住的东京较远，只是殷切地希望久子不要做错了这个自由的选择。假如发现选错了，我也许会提出忠告的。尽管我是她的父亲，但从我的处境来说，也感谢你特意到这儿来。"

"是我应该向您致谢。"

"不过，久子没说要跟你一块儿来吗？"

"说过这样的话，可那就不太……"

"不太起劲，是吗？是久子不想来吗？"

"不，是因为我们想到突然两个人一块儿来，会不会反而伤害老师您的感情。"

"有道理，久子要是先写封信来，就不会这么突然了……"说着，福岛稍停了一下，"这么说，久子也求你到她妈妈那里去看望喽？"

"久子就是没说，我也想见见她母亲，谈一谈，这对将来可能有好处。"

"说得真在理呀。那是久子的母亲，倒是千真万确的……最近，久子像是在跟她妈妈通信吧？"

"说是好几年没通信了。"

"是吗？祸从口出，有时候也会祸从信来嘛……信，会给将来留下证据……"

"老师，您下课以后，我可以到府上拜访吗？"

"嗯，那就请你来吧。因为这机会恐怕不会再有……不是有句话说：'今天，不要放过今天嘛。'过了今天就不晓得什么时候再会了。还有两节课，我租了一家酒店的房子，独门独户，算不得'府上'，你能先回去等我吗？"

福岛画了一张方位图交给了长雄，然后瞧着脚底下被雨淋湿了的地方，走进了教员室。长雄望了望他那看去不过五十二三岁却显得老态龙钟的背影，然后沿着河边走去。河水仿佛上涨了，在河床的岩石处激起了波浪；也许是山影倒映的缘故，看上去一片碧绿。路上洼处的积水中，也是山影憧憧。

　　这里是三面环山的沿河镇子。说是镇子却又不大像，看起来仿佛只是附近几个村庄的集合体。

　　山中梅雨并不像城市中的梅雨那样令人郁闷。长雄已征得恋人父亲的同意，感到喜悦也许是理所当然；同时，这富有风情的梅雨也使他觉得新奇。

　　这天晚上，在酒店的独门独户的房里，浅饮轻酌之后，福岛和长雄很早就躺下了。然而，熄灯以后，两人一时闭上双目，一时又在黑暗中茫然睁着眼睛，进行枕边夜谈。

　　这所独门独户的住处共有十六平方米和十二平方米两个房间，住了福岛一个人。这里虽也有些炊具，但伙食是由上房的酒店供应。福岛的生活是简朴的。他既然担任中学的数学教师，就还不能算是隐居，何况原本也不是显贵的身份。他也在东京当过电气技师，假若继续工作下去，如今也许会升到相当高的地位；可在战祸中工厂遭到破坏以后，他回到乡下来就一直没动；战后心想权且临时当个教师，却一直干到今天。独生女儿久子到东京去，就职于一家制药公司的宣传部。父女俩互不补贴生活费，又没有什么要商量的事情；

也就往往疏于音信。父亲的乡村生活一向没有变化，但随时都想象到女儿那边已该发生不大好同父亲商量的事情了。女儿一遇机会就催促父亲进京。犹如女儿时时劝父亲再婚而未实行一样，进京的事情也一直拖延下来。他仿佛是要在这山中度过晚年了，也考虑到如果进京，将来会成为女儿的重负。然而，因为同妻子分手以后就跟女儿一起度日，至今还保持着父女的感情，同时女儿住得离自己这么远，也感到有些寂寞。

前来要求同女儿结婚的这位青年，提出哪怕住上两三天呢，也要请他到东京去看看女儿。据说，久子殷切地恳求这位青年回京时把父亲带上，父亲高兴得几乎要流下热泪。可以晓得，久子似乎以为既然自己相信长雄，父亲也会对长雄寄以信任。

潺潺的流水声直通枕底，今宵水急，尽管不多，也听得到几声蛙鸣。

"今天夜里也不会看到萤火虫。"福岛对长雄说，"朝河的窗户没安木板套窗，只镶了玻璃，平时连萤火虫都能望到呀。挂上窗帘似乎要好些，但我清晨起得早，心想没用，也就没挂。也许因为是乡村教师，生活就变得懒散了。山峦和原野花枝繁茂，可是城里人在狭窄的庭院培植菊花或种上蔷薇。这些习性我都没有。这么说，城里的人们对于山里的花木和野草什么的知道得很少哩，真是出人意料。这是因为没有见到过，这也是人们意料不到的嘛。我也是这样，原先住在东京，总以为只有那里是最有生活价值的，整天在公司的研究室和工厂之间来来往往；等到在乡村住下来，才觉察到也并非如此。话虽这么说，但我还没像陶渊明那样感到幸福……"

"久子小姐总是为老师的技术惋惜哪。"

"战争期间变成了时代的落伍分子。战后又被时代丢在后面了。在这儿，不再读专门的书籍，从中学的图书馆里借出些别的书读，读得可真不少哇。在电学以外，真是还存在着各种各样的世界，对我来说，那可是新鲜的世界呢。说了这类话，你可能对久子的父亲感到失望吧，不过……"

"不，不会那样的。"

"失望也好嘛。我这么说也许是扯谎。瞧，我大概是在想给你一个好印象了。刚才已经说过，感谢你前来看我。我本来以为久子多半要自由结婚的，或者已经做了类似结婚的事情。"

"我想，来这儿还是做对了。"

"我也是这么想。在我跟久子两个人一起生活的时候，心想这孩子结了婚，我恐怕会感到非常寂寞的。不过，说来也真是奇怪呢，你这么一来看我，情况就恰恰相反了：一直觉得离得我越来越远的久子，今天在这里仿佛忽然又向我走近了。这是一种怎样的心理呢？"

"您这么想，对我来说也是值得庆幸的。"

"你究竟是什么人呢？咱俩这样并枕而眠，可我今天才初次见到你。对我来说，直到今天以前，你不过是个毫不相干的人。如今咱们竟然会感到亲近，产生好感，睡在一个房间里。虽然，你或许已经对久子的父亲感到失望……"

"没有那样的事。我倒是在想，我没叫老师失望就好了。"

"阔别很久，我能到东京去看久子，也是沾了你的光啊。但是，假若没有久子，咱俩就连彼此都生活在人世上也都无从晓得，可能完全是路人哪。单从把你跟我结合起来这个意义来看，我就会感到宛若久子来到眼前了。"

"是啊。老师跟久子小姐打什么时候就没再见面哪？"

"嗯，有两年了吧。打从久子正月来到这山里，本来学校有长时间的假期，我可以到东京去，从前倒是去过。"福岛追索着记忆，"久子是个跟母亲的关系淡薄的孩子呀，不觉得她有点好强吗？不过，并非因为母亲是个坏女人才离婚的，久子也没有从母亲身上受到任何坏的影响哩。"

"我也听久子小姐说过，那是一位好母亲。"

"她小时候就离开母亲，只留下了美好的记忆，也是理所当然吧，又是个女孩子……就拿我来说吧，这样分居两地，她也可能觉得我是个没有出息的人，会不会认为我是个坏爸爸呢？"

"我总听她谈到老师。我们还商量过，请老师也到东京来住呢。"

"不，我就算了吧。尽管在这样的山里，可一旦安然定居下来，这儿也就有我生活的意义了。"福岛说罢，用手来回地抚摸着唇边自然生长的胡须。离了婚的妻子竟然以异乎寻常的鲜明形象浮现在记忆之中，使他感到惊讶。

从这类似乡村的镇子到火车站要走二里①路。

---

①里：日里，日本的长度单位，一日里约为3.927千米。

翌日，福岛上完自己负责的课程，同长雄一起走过雨中的二里路，抵达大阪时已经入夜了。

由于天气的缘故，飞机起飞时间误了大约两小时。飞行在雨云之上，看上去，云海时而变成山峰，仿佛飞机就要冲撞过去，使福岛感到不安。

航空公司的大轿车把乘客送到银座时夜已深沉，福岛就在那里同长雄分手，跟前来迎接的女儿到她租赁的宿舍落脚。

由于长雄的关系，久子面对父亲时有点腼腆，乍一见面好像难以开口，在举动中却蕴含着喜悦。

"这住处很干净啊。"福岛环视室内。

"爸爸来，收拾了一下呀。您看这花——石竹贵些，平日也不买它呀。"

"嗯？因为妈妈不在，才买了白色的石竹花嘛。"

"瞧您说的，不是那么回事儿呀。我想天气郁闷，白色的更好些。要是为了妈妈，那么白色的石竹花就该是妈妈离开人世的象征了。"

久子的眸子浮起了阴翳。

"是嘛。爸爸的镇子上没有卖石竹花的。你为爸爸买了这么名贵的花啊。花且不说，这屋子叫人感到清爽，也有着年轻姑娘的房间那种柔和气氛呀。这叫爸爸想起了同久子一块生活的情景啊。"

然后，福岛从皮包里取出一个报纸包来。

"可能太急着说了，这是爸爸能够送给久子的出嫁礼物，爸爸的全部存款。虽然少了一点儿……"

"啊，爸爸！"

"今天呀——说今天也就是到下午为止，简直不能想象是生活在那样的山里，可的确是今天啊。这钱，也是今天让长雄君从银行取出来的。看来长雄君也给那银行惊呆了。那是在一间地窖上开了个窗子，就办起来的银行分理处呀。"

久子把接过钱的手放在膝头，噙着泪水。

"本来是想买点东西的，可又觉得还是你跟长雄君一起去看着买点什么更开心些吧。"

"真对不起您！不过，都给了我，爸爸该困难了。"

"爸爸不会有什么困难。一个月用一个月的工资，对付乡下的生活是够用的，暑假期间也发工资。"

久子流着眼泪，并排铺好两套被褥。

"这被褥挺讲究呀，怎么回事？"

"从长雄先生家里借来的，说是爸爸要来。"

"是吗？长雄君家里的人对久子也都好吗？"

"是啊，待我都挺亲热的。"

"那可再好不过了，他家两位老人都在吗？"

"两位老人又结实，人又好。"久子边把枕芯塞在套子里边摇着说，"爸爸您累了吧？这就睡吗？"

"睡吧，昨天夜里呀，跟长雄君同睡在我的房间里。这想来也不像是昨夜里的事情，都是坐了飞机的关系吧。"

"感觉怎么样啊？您是头一回坐……误了点，我在羽田机场可真担心，刚才不跟您说过嘛。"

"嗯，还没有说爸爸是怎样担心哪。打机窗向外望，前面的云海仿佛是一座座山峰，越想越像是要撞上去呢。要真的撞上，我嘛只是一咬牙，就是那么回事了。可一想到长雄君，就是说久子在要结婚的关头失去恋人，那该是多么悲哀呀！也许会成为年轻人一生的悲剧。该怎样搭救长雄君呢？爸爸曾做过这样的空想：抱住来保护他……"

"瞧您！"

"只是空想吧，其实抱不抱都一样。再说，即便是做出保护的样子抱住他一起摔下去，那也只不过是爸爸自己一刹那的恐怖表现罢了。可是，久子对于长雄和爸爸，更为谁担心呀？"

"为你们俩嘛。"

"不，刚才是说笑话。"

久子等福岛钻进被窝，把父亲的西服叠起来。

"爸爸您没带来换的衣服吧，给您借一身睡衣就好了，一马虎就忘了，对不起。"

"借外人的睡衣——那可太不客气了。"

"您来的时候也没发现忘记了带睡衣吧？您看久子的睡衣也成的话，就给您拿出来吧？"

"那就借来穿穿吧。"福岛蓦地爬起来，"穿着衬衫睡，总不得劲儿。"

久子看着父亲穿了自己的睡衣的模样，有趣地笑着，也钻进被窝里去。

今天夜里与昨天不同，没有熄灯，自然爷俩想接着说说话。父亲转向女儿那面，把上边那只胳膊伸出被子。睡衣的一只袖子的白地印染着一只大蜻蜓。

　　"昨天夜里，我同长雄君并枕睡在一起，觉得有点奇怪哩。怎么说，还是头一回见面的人嘛。就这样，两个人没感到什么不安，而是怀着亲近的感情一起入睡。这样的邂逅在人生当中有倒是有，但像爸爸这样平凡的人，却是难得遇上几回。嗯，恐怕是头一回吧。想来，这也是因为有久子呀，尽管久子并不在场，却觉得仿佛久子也来到身边而感到了幸福。我跟长雄君当面说过，久子选中了一个好人哪。你说长雄君怎么着，跑到学校来就说想同久子结婚，爸爸可真没有想到呀。"

　　"加急电报说已得到爸爸同意，那是在飞机到达之前收到的，但是直到望见您打飞机上下来以前，还直担心哩！"

　　"为什么？"

　　"想爸爸您不会生我的气……"

　　"是吗？爸爸常常自己想过，即便不满意久子的结婚对象，也多半是闭上一只眼睛，尊重久子的自由。这回可好了。不过，久子，长雄君是你头一个爱的对象吗？"

　　久子严肃地屏住气息，在枕头上点了点头。

　　"那就更好。长雄君也幸福。不过，以前没有跟别的男人来往、收到过来信吗？"

　　久子红着脸有些犹豫的样子。

　　"收到过信。"

"那信就都烧了，今天晚上就烧。另外，还有什么能够叫你想起的东西……若有日记，连日记也……"福岛严厉地说。

"今天晚上就……？"

"今天晚上，也许是过激了。夜里弄得烟气腾腾的，邻人会觉得奇怪。那就做个让步：明天早上也成，早上可得早点烧呀，要在长雄君来到以前啊。久子明天不到公司上班？"

"不，上班。"

"能起得来吗？"

"一个晚上不睡也没什么。还一点儿不困呢。"

"是吗？那就再说一会儿话吧。"

"好的。"久子漫不经心地应着。她由于被父亲问到从前是否有过恋人，看来似乎在搜寻着自己过去的某段经历，又像是想起了什么。

"你说长雄君的家是开油坊的……大吗？"

"大呀！现在好像不光是油坊……所以，他父亲为了继承家业，只上过中学，听说长雄先生是母亲疼爱的孩子。"

"是吗？久子出嫁的时候，也会希望妈妈能够在一旁吧，就是爸爸也都这么想过。这么说，是因为跟久子一起生活的时候啊，久子虽说还是少女，但常常摆起做妈妈的样子来，爸爸就想对久子这位'小妈妈'也撒撒娇哩。当爸爸忽然意识到这种情况的时候，就觉得久子很可怜，心里很难受，自己也感到寂寞呀。后来，在乡下跟久子两地分居，还常常想起小久子跟爸爸装妈妈的神情来呢。"

"爸爸！"久子叫了一声，"我想见妈妈。"

"长雄君也说了，你们结婚想去征求妈妈的同意哪……"

"我想，自作主张单独去见妈妈，对爸爸不好。"

"那也是久子的自由呀，就跟结婚是久子的自由一样啊。久子就是瞒着我去见妈妈，我也不知道，就是这么回事嘛。再说，结婚以前，久子想见妈妈的心情也是可以理解的。你不是也让爸爸到东京来了吗？睡在久子的房间里，爸爸真高兴啊！"

"我没想瞒着爸爸去见啊。"

"不，结婚以前向妈妈去告别，那用不着顾虑呀。久子结婚，爸爸反而觉得这是同久子难得的会面，也许是惜别的感情吧。在久子的房间里这么一待，简直会想久子立刻就见到妈妈才好呢。真奇怪呀。大概依然因为久子是爸爸跟妈妈一起生的孩子吧。"

"真想请妈妈也到我这个房间里来哩，趁爸爸也在这里的时候……爸爸，就让我这么办吧，这是久子的请求。"

"唔。"福岛无言可对，沉吟片刻。

"爸爸，求求您！"

虽然是自己的孩子，当女儿闪动着美丽的眸光时，福岛也望着久子的眼睛。

"就趁我在的时候吗？……可我想明天，不，就在今天吧，今天就回去。"

"不成呀，爸爸！您要等我把妈妈请来，我想跟爸爸一块儿见到妈妈。求求您!"

"嗯。"

"答应了,爸爸?……那我真高兴呀!可以给妈妈打电报、发快信吧?"

"不用发快信吧。接到电报,妈妈从家里起身了,快信才会到嘛。"

"光打电报,不会说得很清楚,妈妈也许不来哪。我这就写。"说着,久子唰地爬了起来,开始写信。

"不过呀,妈妈会不会还在姥姥家呢?若是又结了婚,兴许不会来呀。"福岛虽是这么说了,久子却像没有听见,继续写下去。

久子只睡了不到三个小时,却兴致勃勃地做着清晨的准备。福岛也不能再睡了。

久子上了班,福岛就倚着久子的小桌打起盹来。门扉被轻轻拉开,妻子明子悄悄地走了进来。半睡半醒之中,福岛还以为是在做梦,却清醒地睁开双眼望着妻子。

"收到电报就来了?快呀。"

"是啊。"

然而,收到久子的电报后再从信州赶到这里,无论怎么算,时间都不够。

"打哪儿来的?"

看来,这只能是久子事前就请她到东京来的了。

"亏了久子叫我来,才能见到您。"

"是嘛，女儿的热情不可违拒呀。明子也是打天空飞来的吧。我也是被拖着坐飞机来的。"福岛只说了这些，而未触及久子的弄虚作假，"是要跟久子结婚的小伙子来接我的呀。"

　　"是嘛。"

　　"久子要结婚，明子也知道了吗？"

　　"是的。"

　　久子的快信是不会到的。

　　"喂，别光站着，坐下吧。"

　　"哎，心情特别激动，真不晓得从何说起呀。"明子沉静地坐在离开一点儿的地方。

　　"这就是女儿的房间啊。女儿自己劳动，一个人这样生活，不觉得有点不可想象吗？"

　　明子颔首，福岛仔细地望着明子。

　　"都十年了吧。可是你不见老哇，真年轻啊！我就不成了，当了乡村教师，人全老了。"

　　"不是的，只是添了几根白发……可是，不管是脸还是手，都还年轻啊。"

　　"明子跟分手的时候没有变嘛。"

　　"人死了也不会变成另外一个人的。您也丝毫没变呀。见了面觉得很想念……"

　　"你想念我吗？这也许会成为我老来的安慰呢。我好像今后也不会发生什么异常的变化……久子总是催我到东京来呀，让久子也过了孤独的生活。"

"可不是嘛。我给久子换尿布的时候，那孩子怎样蹬脚、腿在什么地方细得可爱等等，这些情景和别的各种事情全都还记得呢……那孩子就是不喜欢洗澡……"

"是的。就是因为她不想自己洗身子呀，明子走了以后，一个时期是我给她洗的。后来那孩子自己洗了，我就想可能是因为妈妈不在了。"

"请不要说下去了……"

"但是，若不和明子分手，兴许现在我依然生活在东京呢。如果真像明子说的那样，人死了也不会变成另外一个人的话，也就可能不会发生同明子分手的事情了。我并非想要成为另外一个人哪。"

"您跟我说这样的话，我就是死了也甘心了！"明子眨着双眼低下头去。

"没再结婚吗？"

"是的。"

"有人提过媒吧？"

"有是有过，可我光想着什么时候总会见到您。即便不能重新和好，也总是想只要能见到您……如今，却在女儿的房间里，在女儿要结婚的时候……都是因为这孩子叫了我呀。"

"看上去这是间租价便宜的房子，可我打昨天夜里就感到心里温暖，能够宽心住下，真有点奇怪呀。"

"是这样啊，我们死了以后，久子一个人活着，我想依然是因为我们结过婚的呀。"

"啊?"福岛叮问着,"都说是黄泉路上无老少嘛。"

"我不喜欢那样。我依然是想在草叶底下守护着久子,您也要……"

"我吗?!"

"一切欲望都消失了,我也只在这个世界上留下个孩子呀。"

"是我把明子变成了这样的人吗?"

"是我自己变的,人都要变成这样的呀。"

"这么说,久子的青年对象为我到山里来,我毫无条件地表示感谢,也可能都是接近这种情况的表现吧。看着那枝白色的石竹花而想起母亲节,也好像是为我装点在这里的。不过,明子来了,也可以认为是献给明子的花呀。"

"真格的……"明子欣赏着鲜花,晃晃悠悠地影子似的摇着双肩;若说是颤抖,那颤抖的样子也很奇特。

"真年轻啊!"福岛再次这么说,"也许是因为穿着往年我看熟眼了的衣裳啊。"

"是您在京都给我买的衣裳呀。那天我们逛了宇治,划了船……我已经不再需要新衣裳,这都是往年的哩。"

"我往年的衣物都在战争中被烧掉,什么都没了。明子身上的衣裳竟然还留着往年的一点点影子,真觉得奇怪呢。噢噢,久子从前收到的男朋友的信件等等,今天早晨都叫她烧了,因为我有这方面的痛苦的体验哪。"

"对不起您。"明子怯怯地说,"久子从前有过要好的人吗?"

"那不知道,也不是我而今该问的呀。反正烧了信什么的是事实。都烧了些什么，我没过问，兴许还有日记之类的东西吧。"

"连烧也烧不掉的东西也都……"

"你这是怎么说的。她跟你不一样啊。我们结婚以后，你还跟从前的恋人通信，叫对方把信寄到娘家，等回娘家去读；还把信带回咱们家来，瞒着我。你妈妈不但不劝诫，毋宁说仿佛跟你站在一块儿，收到寄给你的信就保存起来。我可不能那样娇惯久子。"

"请您不要提我母亲……"明子像是在喊叫地说着，摇了摇短发，露出痛苦的神色；短发乱蓬蓬的，没有恢复原状。福岛打了个寒战。

"这已经是很远的事情了。不过，那些信也都成了同你分离的原因嘛。往往在电车站的台阶上突然想起这件事来，我就忽地两腿发软，上不去台阶了。同你分手已经是很远的过去。"

"您说很远，很远，究竟用什么来衡量远和近呢？我都觉得似乎很近呀，我居住的地方并不那么远，什么时候都是在您和久子的近处呀。"

"你住在哪儿？今天是从哪儿来的？"

"就是您住的地方嘛。"

"那么说，兴许是那样。有女儿的地方，就有母亲吧。母亲就在女儿的心里，在女儿的屋里呀。到了这把年纪，我不以为你的心依然跟着那个写情书的男人呀。久子夫妻跟你来往，我不会再干涉嘛。毋宁说，从现在起要使过去母女的淡薄缘分得到恢复才好。媳妇的婆婆①不会那么干扰嘛。久子他们要是与津田家分居，兴许要你来照管他们的生活。"

"我已经做不到了。"明子悲凉地摇摇头，"只要那孩子幸福就成了，您也结结实实的……"

"咱们一块儿等久子回来，她该有什么表情呢？难为情的，兴许是咱俩哪……"

"不，我不能待下去。她回来之前我就离开。那孩子看见我跟您一起在这里，要扰乱她的心呀。"

"嗯？不是久子叫你来的吗？她知道你就住在近处。"

"似乎是住在近处，但是……"

明子把头低了一会儿，晃晃悠悠地摇了摇双肩，忽然又静悄悄地走出门去。

两三个小时以后，福岛似乎还在睡眼蒙眬的时候，从信州的明子家拍来长长的加急电报。内容：感谢好意。明子五年前逝世，久子的电报供于佛龛②。

福岛烧掉电报，心想，眼下先不把母亲逝世的消息告诉久子，就回山城去了。

(李芒　译)

---

①婆婆：指女儿结婚后的婆母。
②佛龛：供奉明子灵牌的地方。